KB052310

시인열전

안양의 태어난 집터에서 76년째 살고 있는 김대규 시인은 시집 『영의 유형』(1960)으로 시단에 첫발을 내딛었다.

〈시와시론〉 동인 활동을 오래 했고, 스승 조병화 시인과의 서간집 『시인의 편지』(1977)와 아포리즘 산문집 『사랑의 팡세』(1989)가 베스트셀러가 되었다. 고교 문학 교과서에 시 「야초」가 수록되었으며, 몇몇 권의 저서를 내고 몇 차례의 문학상을 수상했다. 그 리스트는 이 책 뒤편에 있다.

그는 평생 문단과 거리를 두고 작품 활동에만 전념해 왔으며, 지금도 원고지에 모나미 수성펜으로 작품을 쓰고 있다.

이 도서의 국립중앙도서관 출판예정도서목록(CIP)은 서지정보유통지원시스템 홈페이지(http://seoji.nl.go.kr)와 국가자료공동목록시스템(http://www.nl.go.kr/kolisnet)에서 이용하실 수 있습니다.(CIP제어번호: CIP2016027968)

시인열전

김대규 시집

토담미디어

시인의 말

이 『시인열전』은 최남선 이후의 한국 현대시인 721명에 대한 해당 시인의 특정 시어나 시행, 이미지나 스타일, 주제의식이나 캐릭터 등을 패러디한 1인 1매 원칙(예외도 있음)의 실명 시집이다.

대상 선정의 주 자료로 활용한 것은 『한국시대사전』(을지출판공사)의 초판(1988)과 개정판(2002)이고, 몇몇 개인시집을 참고한 경우도 있다. 그러다보니 작고 시인이나 나이 많은 시인들이 주종을 이루게 됐다.

사실, 원고는 10여 년 전에 마무리된 것이라 다소간의 예외는 있지만, 『한국시대사전』(2002)에 실려 있지 않은 시인들이나 원고가 마무리된 이후에 두각을 나타낸 시인들 그리고 내 시적 함량의 미흡과 개인적인 취향 관계로 다루지 못한 더 많은 시인들에게는 웬만큼 면구스러운

게 아니다.

한 가지 첨언할 것은, 초교를 보면서 추가해야 할 시인들이 너무나 많이 남아 있음을 알고 근 4백여 명의 리스트를 작성, 새로이 다뤄보려 했으나 그동안 원래 병약했던 몸에 신병들이 겹쳐 얼마 추가하지 못하고 그대로 마감할 수밖에 없었다는 점이다.

많은 양의 원고를 일일이 정리해준 안양문인협회의 장호수 사무국장과 김은숙 시인, 그리고 이 어려운 시기에 선뜻 출간을 맡아준 토담미디어 홍순창 사장에게 깊은 고마움을 표한다.

2016년 가을

김대규

1부

2부

3부

4부

5부

6부

7부

1부

가영심
|
김완하

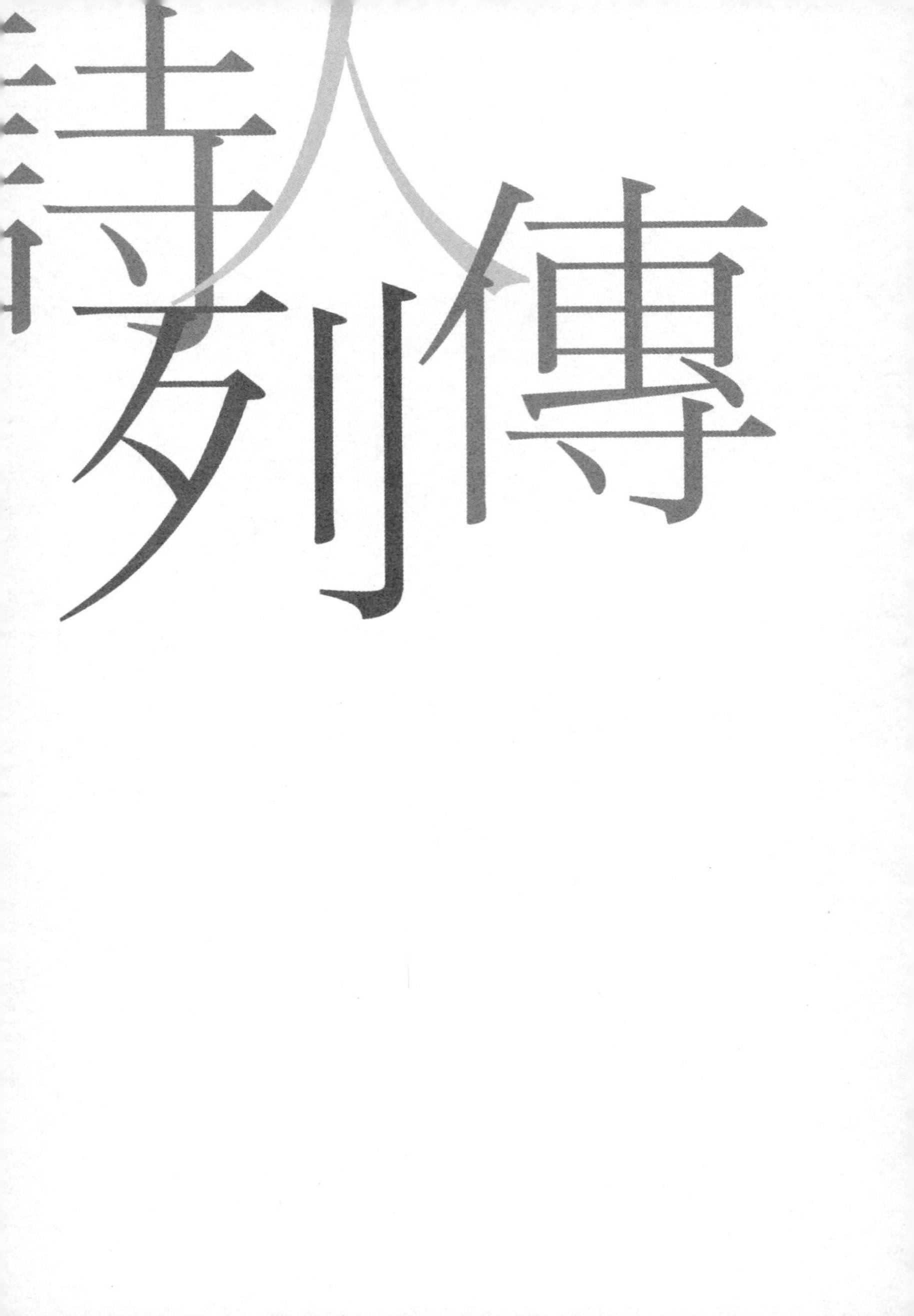

詩人列傳

가영심賈永心

문인주소록의 첫 번째다.

'첫' 은 운명의 노크
첫사랑, 첫 술잔, 첫 키스,
첫 눈물, 첫 경험, 첫 단추
첫 상처도 아름답다.
그러나 첫 죽음은 없다.

운명은 가나다순이 아니다.

감태준甘泰俊

소련영공에 잘못 든 KAL기처럼
서울에 첫발 디딘 철새 한 마리.
나를 쏘지 마세요, 제발 살려주세요.
애처롭게 호소한다. 목 놓아 운다.

누가 쏜다 했나
공해로 곧 죽게 될 텐데.

강계순姜桂淳

죽음과 동행하시려면
너무나 먼 여정이오니
우선 잠부터 푹 주무셔야 합니다.

강민 姜敏

사람의 시간에는
시계가 있고,
자연의 시간에는
꽃과 구름, 비와 눈,
그리고 낙엽도 있다.

세월은
인생의 시계.

강영서 姜永瑞

그는
참 수석시인이다.

아니, 그 자신이
명품 수석이다.

강우식 姜禹植

起承轉結 4행시 아무나 쓰나
生老病死 인생도 사연 많은 4행시
春夏秋冬 자연도 형형색색 4행시
그러나 어려운 건 한 삶에 네 번 죽음.

강은교 姜恩喬

바다는 그녀의 자궁이다.
달도 그녀의 자궁이다.
無常한 것은 모두 그녀의 자궁이다.
가장 아름다운 자궁은 허무다.
거기서 詩가 나온다.
자궁은 그녀의 시집이다.

강인섭 姜仁燮

남북통일이 되면 제일 먼저
『녹슨 경의선』을 닦을 사람.

금배지보다 더 빛나게
民意보다 더 강하게.

강인한 姜寅翰

좁은 운동장의 줄다리기.

南군 이겨라!
北군 이겨라!
줄이 끊어져야 다 이긴다.

「대운동회의 만세소리」

강창민 姜昌民

아픈 사람들은
꾹꾹 참아내고,
가려운 사람들만
박박 긁어댄다.

성한 곳 한 군데 없고
생채기투성이인 이 땅.

강태열 姜泰烈

당신이 저지른
'역사의 들판의 들불' 때문에
아직도 지상 곳곳에선
불길이 치솟고 있으니
언제쯤 권력의 잿더미 위에
'하얀 民意'의 깃발을 세울까요?

강현자 姜鉉子

그녀는 은화식물이다.

몰래 쓰고,
몰래 아프고,
몰래 운다.

몰래 죽으면 어쩌나.

강희근 姜熙根

비는
이별의 눈물잔치.
바다는
추억의 모래잔치.

그리움과 외로움의
「사랑祭」

경규희慶奎嬉

사람이
시인에 가리워지면
세상을 편애하고
시인이
사람에 가리워지면
인생을 오독한다.

고원 高遠

어쩌다 태양과 동침을 해서
달덩이 하나 낳고 미쳐버린 여인
그 자식을 숨기느라
한 달 내내 변형을 시도한다.

불이 되었다가 물이 되는 여자
타오르는 얼음덩이인 여자의 몸

고은 高銀

『만인보』 속에
오직 한 사람
당신은 없네.

아니,
'만인보'는 당신의 변장술.

고정희 高靜熙

오호, 에헤, 어허, 오오
그녀의 시는 온통 눈물바다, 울음꽃이었다.
「죽음의 노래」는 운명의 대필이었나.
죽음으로 말을 대신한 시인에게
시인으로 누가 말을 하랴.

고형렬高炯烈

화물차에 실려서는
고향에 안 간다.
고향에 다녀오기 전에는
해외에 안 간다.

내 땅 거치지 않고서는
「백두산 안 간다」.

공중인 孔仲仁

그의 호는 여러 개다.
그 중에 '시예리(詩藝里)'도 있다.
어느 마을 이름 같기도 하다.

시의 고향은 정말 어디일까?
우리는 모두 시의 실향민.

곽재구 郭在九

'가을'은
'20년'이 지났다고
성년이 되는 게 아니다.

가을은
처음부터 노년이다.

구경서具慶書

화살표를 따라가면
길을 잃지 않는다.

죽음에는
화살표도 없는데
길을 잃은 사람이 하나도 없다.

구상具常

바다를 그리려니
섬이 되고,
마음을 그리려니
구름이 된다.
하느님을 그리려니
아기가 된다.

구연식具然軾

그는「검은 珊瑚의 都市 15」에 산다.
「感覺 A」가 마비되어
「湖水 1」,「湖水 3」,「湖水 5」에서 휴양 중이다.
S여인과「랑데부 2」를 시도한다.

그의 '사랑법'은 언제나 '10-9'이다.

구자운 具滋雲

내 죽으면 흙이 되리라
물과 불과 한몸 섞고
도공의 빚음 받아 「青磁水甁」되리라
온몸에 여인의 裸身 무늬 넣고
松竹梅蘭, 鶴도 와서 쉬게 하리라.
거기 「龜裂」이 지면
아직도 삭이지 못한 恨 있다 여겨다오.

구재기 丘在期

풀 중에도 뽑히는 풀이 있고
사람 중에도 뽑히는 사람이 있다.

풀 중에서 뽑히는 풀은
'잡초(雜草)'라 하는데,
사람 중에서 뽑히는 사람은
왜 '잡인(雜人)'이라 하지 않을까.

국효문 鞠孝汶

바람이 바람에게
큰일 났다고 한다.
바람이 바람을 모아
큰 바람을 만든다.
이제 들판의 차례다.

술의 세월은 가고
피의 시대가 오리라.

권국명權菊命

無明을 쓰고 有名을 얻어도
幽明을 달리하면 無明을 맞나니,
권세나 잡아 國名을 아예
大恨憫國이라 고칠거나.

권달웅 權達雄

눈에 번쩍 띄는
큰 집에 혈안이 된 인간들아,
제 몸 속에 집을 넣고 살다가
가장 후미진 곳에 잠시 기거할 집을 짓는
'거미'를 보고 깨우치거라!

권숙월 權淑月

사랑이 싫어
사랑은 싫어.
그 뜨거운 불길은 싫어.
그쯤에서 그냥 바라보기만 해.
눈물 한 번 덧들이면 아무도 못 말려.
설움의 덩이가 물바다를 이뤄.

권오숙權五淑

자연도 아직은 공사 중입니다.
지구도 아직은 공사 중입니다.
인간도 아직은 공사 중입니다.

우주가 아직은 공사 중입니다.

나는 아직 착공되지도 못했습니다.

권오운 權五云

요즘은 「원님前上書」를 올리는 사람이 없다.
원님 덕에 나팔 부는 사람과
그 나팔 부는 사람 덕에 북 치는 사람과
그 북 치는 사람 덕에 춤추는 사람과
그 춤추는 사람 덕에 술 파는 사람과
그 술 파는 사람들 덕에 「원님前上書」들은 후줄근히 젖는다.

권오택權五宅

그는 새가 되고 싶다고 했다.
바람 불수록 하늘 높이 날고 싶어서.

그가 정말 새가 되었다면
태풍이 불어오면 어쩌나?
가장 먼저 걱정이 된다.

권용태 權龍太

나이 들수록
빈 잔이 오래 간다.
그 동안 비워 온
세월의 잔에
잠시 와서 머무는
바람의 말로
빈 마음 채워보는
먼 구름 시늉.

권일송 權逸松

20대에는 시, 30대엔 소설
40대에는 희곡, 50대엔 수필
평론이야 아무 때나 써도 되지만,
60대를 넘어선 무엇을 쓰나?
— 유서?
그래, 에라 나도 유서다.

권천학權千鶴

먼 곳으로 일 떠난
목수(木手)의 아내는
밤마다 더 많은 집을
지었다, 헐었다.

권택명 權宅明

떠나는 사람이
자꾸만 뒤를 돌아보아
나무는
흔들던 손을
아직도 쳐든 채 서 있다.

기형도奇亨度

"야, 임마 너 새치기했어!" *

*註: 그는 안양의 「修理詩」동인이었다. 자주 만나 한잔 했다.
그가 세상을 떠났다는 소식에 안타까워 튀어나온 말이다.
'죽음의 새치기'를 하다니!

김경린 金璟麟

여자는 병든 목관악기
남자는 고장 난 녹음기
태양이 투신자살한 감성계곡으로
이미지의 국제열차는 레토릭을 이탈해
모나리자의 하체에 들어 박혔다.

김경수金京洙

독실한 크리스천이셨으니 여쭤보겠습니다.
『성경』에서 아주 궁금한 부분이 하나 있습니다.

사람들이 간음 중에 붙잡힌 여자를 끌고 와, 율법대로 돌로 쳐 죽여야 하지 않느냐고 하자 "예수께서는 몸을 굽히사 손가락으로 땅에 쓰시니" 하고나서 "너희 중에 죄없는 자가 먼저 돌로 치라 하시고 다시 몸을 굽혀 손가락으로 땅에 쓰시니"(요한복음, 8장 3~8절)라고 쓰여 있는데

시인님께서는 예수님이 뭐라고
땅에 쓰셨다고 생각하시는지요?

김계덕 金桂德

구걸인의 양재기에 떨어지는 동전소리를
「창세에 울린 소리」라 하셨으니,
재벌들의 돈 세는 소리는
'천지개벽 소리'의 메아리는 아닐까요.

김관식金冠植

'泫泫子'라는 號부터 이상하다.
25세 상임논설위원도 이상하다.
26세 국회위원 낙선도 이상하다.
과수원만 날렸다.
잘 익은 언어의 과일이나 딸 일이지
이상하다, 이상하다.
37세의 그를 누가 따갔을까?

김광규金光圭

혁명을 일으킨 사람들은
반달곰 담즙을 빨러 가고,
혁명을 두려워하는 사람들은
노래방으로 몰려갔다.
확실한 내일의 증언은
「희미한 옛사랑의 그림자」에 묻혀 있다.
최후의 로맨티스트가 유일한 희망이다.

김광균金光均

별은 미 독립 기념주화처럼 빛난다.

구름은 백지수표, 주인이 없다.

낙엽은 '폴란드 망명정부'의 복권(復權)만 기다린다.

눈이 온다.

먼 곳의 여인들은 모두 옷을 벗는다.

김광기 金光起

그는 '거울시학'을 추구한다.

거꾸로 된 세상을 거울로 보면
제대로 된 세상이 될까?

신(GOD)을 거울에 비춰 보면
개(DOG)가 될까?

김광림 金光林

「말뚝」은 뽑아내기가 어렵습니다.
땅의 것보다 마음의 것이 더 그러합니다.
詩는 사람의 영혼에 박힌 말의 말뚝입니다.
아무나 선불리 손대지 말 것.

김광섭 金光燮

한 세기 전, 어느 비 개인 날
어항 밖으로 튀어나온 금붕어가
"아, 20세기에 불이나 붙으렴."
숨을 몰아쉬며 헐떡이더니
포르르 한 마리 비둘기 되어
'성북동'으로 날아갔다.

김광협 金光協

당신의 나라에도 『降雲期』가 있는지요?
'프로스트' 氏는 가끔 만나시는지요?
눈 내린 숲길 함께 말 타고 거닐어 보셨는지요?
숲속에서 어쩌다 곤충학자도 보이던가요?
탁배기 한 되 받을 주막은 있는지요?
아참, 지금도 칼 갈고 낫날 세우고 계신지요?

김구용 金丘庸

일기는 '나는 외롭다.'는 뜻이고
편지는 '나는 그립다.'는 뜻이지요.
한 평생 일기를 쓰셨다니
외로움은 잘 간수하셨는데,
그리움은 누구에게 나누어주셨는지요.
참, 일기에 밝히셨겠지요?

김규동 金奎東

휴전선에 버려진 철모 위에
나비 한 마리.

그걸 누가
대포로 쏘려 하는가!

김규태 金圭泰

그의 책상 서랍에서는
빼꾸기가 운다.

原木을 찍어 넘기던 도끼소리에
산짐승의 울음소리도 찍혀 있다.
아, 책갈피 사이에서 흐르는 시냇물소리.
活字들이 벌레소리를 내며 기어 다닌다.

김규화金圭和

여러분들은 혹시 가벼움에 대해 생각해 보셨는지요?
돌이었던 육신, 흙이 되고 먼지가 되는 가벼움.
손 가볍게 흔들고, 눈 가볍게 내리감는
세월 가볍게 놓아주고, 金 가볍게 내려놓는
가장 가벼운 것은「無心」이지요.

김기림金起林

'봄은 전보도 안 치고' 온다는데
한 자 소식도 없으시다뇨.
『태양의 풍속』이야 매한가지겠지만
그쪽의 『기상도』가 不如意했나요?

김기택金基澤

지하도 계단의 걸인을 볼 때마다
그를 떠올리게 된다.
그는 '걸인'에 대한 시로 등단했다.
환언하면 걸인이 그를 데뷔시킨 것이다.

누구에게나 한 사람의 걸인이 있다.
그걸 우리는 흔히 운명이라 부른다.

김남웅 金南雄

시인은 詩로 인생을 된다.
시인은 詩로 세월을 된다.

덤이 더 많다.
술도 구름도 덤이다.
그리움도 외로움도 덤이다.
사랑도 덤.

죽음이 가장 수북한 덤이다.

김남조 金南祚

그의 가슴 속에는
영혼의 告解所가 있다.

모든 말들 그리 들어가면
세상의 때 깨끗이 씻겨 나온다.

김남주金南柱

그대의 시를 다시 읽지 않으리라.
아무도 그대의 시 다시 써서는 아니 되리라.
왜 투쟁은 자유였고, 어찌 죽음만이 해방이었나!
그대 손에 쥐게 했던 우리들의 칼,
그 중에서 가장 피에 젖었던 그대의 펜
우리 잊지 않으리라
그대의 잉크는 우리의 피였음을.

김년균 金年均

모두들 고향을 떠났다.
산새는 한 마리도 사람을 따라가지 않았다.
혼자 남아 고향을 지키려니
사람의 말은 잊고 새 울음만 익혔다.
새소리로 이야기하는 사람 하나
전북 김제군 죽산면 홍산리 내촌에 있다.

김달진金達鎭

山寺에 눈도 희고 달도 희다.
童貞 여승의 살결 더욱 희다.
고양이 울음소리도 하얗다.
풍경소리 안주 삼는 한 잔 또 한 잔에
나그네의 얼굴만 붉다.
인생이 노을이면 세상은 밤이다.

김대현 金大炫

청자에 구름 한 점
사람이 볼 때만
흐르지 않고 그대로 있다.

한 마리 鶴도
구름이 흩어질까 봐
꼼짝 않고 앉아있다.
세월도 정지해 있다.

김동리 金東里

파랑새 뒤쫓아 들 끝까지 간 사람
여태껏 아니 오고 어딜 헤맬까?
이제는 파랑새가 울며불며
세상 끝까지 찾아봐도 보이질 않네.

김동명 金東鳴

당신들께서 젊으셨을 땐
호수에 돌을 던지셨지만,
요즘 젊은이들은
파출소에 화염병을 던지거나
고층빌딩에서 몸을 던진답니다.

김동현 金洞玄

전생의 새 한 마리
이생에 둥지 튼다.
거기에 알을 낳고
새끼들을 모두
來世로 날려 보낸다.

사람들만 전생에 남는다.

김동호金東壺

인생은 365쪽의 책.

어떤 사람은 50권도 더 읽고,
어떤 사람은 100권까지도 읽고,
어떤 사람은 30권도 못 읽는다.

앞쪽에는 그림이 많고
뒤쪽에는 백지가 많다.

그러나 사서 읽을 수 없다.

김동환金東煥

「산 너머 남촌에는」 부동산 투기꾼
아파트 짓는다면 몰려서 오네.
꽃피는 4월이면 최루탄 냄새
밀 익는 5월이면 화염병 불길
"어느 것 한가진들 실어 안 오리"
언제나 마음 편히 살아보려나.

김만옥 金萬玉

장난감 좀 사줘!
아이가 '잠꼬대'를 한다.

나 좀 풀어줘!
어른도 잠꼬대를 한다.

장난감을 훔친 아버지가
경찰봉에 맞아, 꿈속에서
장난감처럼 망가지고 있다.

김명배金明培

평생을 따라 다니던 그림자
그가 무덤에 들자
어느 틈엔가 들어와
슬그머니 그의 밑에 먼저 눕는다.

김명수 金明秀

지구가 달을 가린다.

사랑은
너에게 가린
내 마음의 월식.
시커멓게 타버린 사랑의 잿더미.

추억이 다시 환히 밝힌다.

김명인金明仁

아직도 '昭和病'과 '동두천우울증'에
시달리는 사람이 있다.
흑인소녀에게 한국어를 가르치면
금방 백의민족이 까맣게 물든다.
종이보다 마음을 더 잘 적시는 하얀 눈물의 詩

김사림金思林

사랑은
마음과 마음을 잇는 줄.
그러나 '未完의 끄나풀'.
눈에는 보이지 않아
어디가 끊기었는지 알 수 없다.
옹매듭이 지어지면
마음이 가다 걸려 엉켜버린다.

김삼주金三柱

구름은 하늘의 '외곽순환도로'.
외로움은 그리움의 '외곽순환도로'.
말은 마음의 '외곽순환도로'.
시는 영혼의 '외곽순환도로'.

삶은 죽음의 '외곽순환도로'.

김상억 金尙憶

이상하다
눈으로 바다를 감으라니.
잔마다 가득 별을 붓고 취하였다니.
놀랍다
삶은 「있음」과 「없음」의 향연이라니.
그렇다
산문시만 썼으니 고집 또한 산문시.

김상용 金尙鎔

"왜 사냐건,
웃지요."

응,
정신병자군.

김석金汐

왼편의 강도가
오른편의 강도를 모른다.

그 강도들이 모두
내 마음 속으로
숨어드는 것을 모른다.

김석규 金晳圭

이름 없는 사람이 이름 모를 흙을 일군다.

이름 모를 칼이 이름 없는 풀을 자른다.

이름 없는 벌레가 이름 모를 울음 운다.

나에게 이름을 다오

無名의 귀신들이 사람을 들볶는다.

김선배金善培

'소아마비 소녀'가
'꽃길'을 걸어가면

모든 꽃들이
그 소녀보다
몸을 더 흔들어준다.

김선영 金善英

꽃은 敵意를 숨기고
나비는 殺意를 감춘다.
화원은 살육의 축제.
거기서 나오는 男女는 모두
허무의 신발을 끈다.

김선현金先現

바다가

먼 밖에서

무언가 謀議를 하고

우르르 몰려온다.

가끔씩 本意를 드러내고

집채를 뒤엎고 사람을 삼킨다.

인간의 잘못만큼씩 바다는 응징한다.

김성식 金盛式

배 타기에 지친
선원 하나

삶의 바닷가에서
돌팔매질을 하고 있다.

그 옆의 빈 배 하나
무엇이 무거워 가라앉았나?

김성춘 金成春

누구나 자신을
'섬'이라고 생각한다.
그리고선
'그 섬에 가고 싶다'고 한다.
아무도 가본 사람이 없다.

세상은 無人島다.

김소엽金小葉

예쁜 말 하나 아장아장 걷는다.
깨끗한 물에 세수한다.
곱게 빗질하고 단장을 하면
아장아장 걷던 말이 詩가 된다.

김소영 金昭影

밤마다 그는 38선을 넘는다.
두고 온 무엇인가 찾으러 간다.
가보면 어디론가 이미 가버렸다.
아무것도 가지고 오지 않았는데
어느 새 마음속에 다 들어와 있나.

김소월金素月

아빠야 오빠야 강남 살자
밟는 땅 모두모두 금싸라기
듣는 건 오직 돈 세는 소리
아빠야 오빠야 강남 살자

김송배金松培

디오게네스를 아시겠지요?
'허수아비'도 아시겠지요?
디오게네스를 '허수아비'라 하셨던가요?
그래 '허수아비'는 찾으셨나요?
서울시민 모두가 '허수아비' 아닌가요?
'허수아비'의 '허수아비'가 서울에 살지 않던가요?

김송희 金松姬

소녀가 하늘이 푸르네요, 한다.
소년은 소녀의 눈을 본다.
소녀가 노을이 곱네요, 한다.
소년은 소녀의 뺨을 만진다.
소녀가 어두워졌네요, 한다.
소년이 소녀를 감싸 안는다.

김수경 金水鏡

술은
영혼의 放牧,
익명은
'자유의 放牧.'

술 취한 시인이
세상 밖으로 걸어 나간다.

그게 보이느냐?

김수돈 金洙敦

「우수의 황제」께옵서
과음으로 승하하셨는데
문상을 가지 못해 죄송합니다.
"색시하고 같이 잤으면 죽어도 좋겠다."고요?
귀족출신 여인 하나 물색하여
'신비의 궁전'에 수청 들게 해야겠지요.

김수복 金秀福

모든 물들은 섬진강으로
모든 바람은 남원 대숲으로
모든 눈보라는 산청 주막으로
모든 길들은 智異山으로
모든 노래는 피리타령으로
모든 쇠들은 朝鮮낫으로.

김수영 金洙暎

이 세상에서
한 나라 전체를
唾口로 사용하신 분,
혹 계시면 손 좀 들어주시겠습니까?

김승희 金勝熙

성냥 한 개비로 영혼을 사른 여자.

33세의 여자 예수.

태양을 처형하고 스스로 자살미사 올리다.

설형문자의 유서, 조심할 것

그의 유서가 해독되면

우리 모두 改宗해야 하리라.

김시종 金市宗

누구에게도 「미궁의 사내」가 있다.
등 뒤에서 비수를 번득인다.
그가 내리치면 목숨은 落果가 된다.
생사의 萬有引力은 아직 규명되지 못했다.
그냥 운명이라고만 부르자.

김시철 金時哲

물가의 명당은 모두 그의 차지다.
그러나 詩의 명당은 없다.
인생의 쓴맛 · 단맛에 절인 말맛을
대어의 손맛에 견줄까.
언어가 물고기라면
詩의 월척은 떼놓은 당상.

김신철 金信哲

고향은
멀수록 날마다 찾고,
부모는
떠난 뒤에 옆에 모신다.

가까운 詩여, 살아있는 시인들이여
천재들은 단명했다.
뒤늦게 깨달음은 더 비극이다.

김안서金岸曙

"발가락이 닮았다" 했다고
절교장을 쓰셨다고요?

'혈액형이 닮았다' 했으면
살인날 뻔했지요?

김양식金良植

풀꽃은 그냥 풀꽃일 뿐이다.
왜 사람들은 민중, 아픔이라 하지 않고
우리네 풀들을 둘러대나.
마음대로 짓밟고선 잘 견딘다 하고
발길에 걸리면 몹쓸 것 한다.
풀은 풀의 이름으로 산다.
사람들아, 너희들은 너희들의 이름으로 살라.

김여정 金汝貞

"제 일생 일대 딱 한 번만 간음하고 싶습니다."

남자들은 어디론가 다 도망치고
어느 한 분만
그래, 그래 웃고 계시다.

김연식 金連植

평생 한 마리 새가 되어
멀리 날고 싶다더니,
이젠 한 그루 나무가 되어
새들이나 편히 깃들게 하고 싶단다.

김영랑金永郎

'찬란한 슬픔의 봄'이라니요?

이 땅에 언제
'봄'이 온 적 있었나요?

김영래金英來

그는 손이 하나뿐이다.

한 손은 영혼이 가져갔고
한 손은 기다림에 잘렸다.

그래도 그 한 손에
하늘이 다 담긴다.

김영삼金永三

별호 '王髮'처럼, 그의 시는 왕발이다.
편저 『한국시대사전』도 왕발이다.
김수로왕 79대손 왕발답게
김대중 대통령보다 먼저 'North Korea'를 껴안았다.
이름만 보면 바로 전직 대통령이다.

김영준金英俊

「박제의 새」는
날지 못한다.

다만
나는 꿈을 꿀 뿐이다.

김영태金榮泰

그의 詩에는
내가 모르는 다른 나라 예술가 이름이 많이 나온다.
까놓고 얘기해서 부끄럽다.
우리가 쩔쩔매는 걸 보고
재미있어 하지는 않을까?

김옥기 金玉基

그녀는 조그맣다.
반쪽 난 나라에 맞춰 살기 위해서.
그녀의 그림도 조그맣다.
동강난 나라에 큰 그림 걸 수 없어서.
그녀는 혼자 산다.
갈라진 나라에 갈라져 살려고.

김완하金完河

강물에 떨어진 눈발은
흔적도 없다.

詩도, 한 생애도
저리 깨끗할 수 없을까?

눈 속에 파묻히면
강물로 흐를 수 있을까?

2부

김요섭
|
박거영

詩人列傳

김요섭 金耀燮

그는 효자다.
날마다 아침이면
'6시 25분'이라고 일러드린다.
한밤중에도 대낮에도
"어머니, 6시 25분이에요."
반세기가 지났는데도
"어머니, 6시 25분이에요."
한국의 시계는 6시 25분에 멈춰있다.

김용길 金容吉

鐘이 운다.

사람들은
내 울음소리를 듣고
기도하러 온다.

그래, 두드리거라 두드려
내가 더 아파서
너희가 구원을 받는다면.

김용오 金容五

당신이 쏟아낸 정액으로 지상의 모든 숲들은 무성하다.
싱그런 숲에서 머리 든 뱀들이 기어 나온다.
詩는 영혼의 수음,
너무 요동치지 마시기를.
옆방에서 당신의 예수
D. H. 로렌스경이 아직도 房事 중이니까.

김용재金容材

'봉황동'에 와서 우는 '까치'는
'백제'때 그곳에 살던 까치들의 직계 후예들일까?

까치들이 우짖는 소릴 들을 때마다
계백장군을 위한 진혼곡 같구나.

김용제金龍濟

일제 하에서 투옥당하지 않았으면
민족시인이 아니다.
독재 하에서 투옥당하지 않았으면
민중시인이 아니다.

인생이 감옥이면
인생시인이다.

김용진 金用鎭

남태평양 '뽀나뻬' 섬에
조숙한 아이 탄생하다.
고1 때 신문 지상에 송년시 쓰고,
고2 때 영남일보 신춘문예,
대학 재학 중에 조선일보 신춘문예 당선하다.
33년 지나 「修理山」 연작시 쓰고
『수리산 뻐꾸기』 되다.

김용택金龍澤

좋은 시인은 사람들 가슴에
워즈워스의 '무지개'처럼
자연 하나를 새로 만든다.

김용택은 우리들 가슴에
'강' 하나를 새로 만들어 주었다.

김용팔金榕八

시가 쉽다 어렵다 한다.
가슴으로 쓴 시는 쉽고
머리로 쓴 시는 어렵다.

머리와 가슴 사이를 오가느라고
그 얼마나 차갑다 뜨거웠다 했으랴.

그것은 실제로는
살았다 죽었다 한 것이다.

김용하 金容夏

바닷가에 앉아
파도가 쌓다 허무는
모래성을 보고 또 본다.

만리장성도 세월의 모래성
그게 언제 허물어질지
지금껏 지켜보는 누군가가
어딘가에 있지 않을까?

김용해金龍海

서울 번화가에서도 어쩌다
소학교 동창 하나 만나면
거리가 어느새 시골풍경이 된다.
네온사인들 강 건너 불빛 같고
자동차 경적도 새소리 같다.
혹시 저 인파들 산짐승은 아닐까?

김용호 金容浩

사람 위에 사람 있고
그 사람 위에 또 사람 있다.
사람 밑의 사람은
사람 위의 사람을 사람이라 하지 않고,
사람 위의 사람은
사람 밑의 사람을 '국민 여러분!'이라 한다.

김우영金禹永

그는
詩語를
물에 헹궈서 쓴다.

水性分의 시라서
詩汁이 풍부하다.

김원각金圓覺

그는 허공만 그린다.

그림은 늘 텅 비었다.

김원길 金源吉

뜨겁게 누우면
사랑이라 하고,
차갑게 누우면
죽음이라 한다.

무덤가에 누우니
어서 들라 한다.

김원중 金元重

하늘 夜學校에
별들이 모여 있다.

달님 담임교사는
가끔 마음이 아파
자주 결근을 하신다.

김원태金元泰

개미들에게 열심히 편지를 띄웠다.
그때마다 모두 반송되어 왔다.
이유는 '수취거부'였다.
개미들에게 시인은 베짱이였다.
베짱이에게 찾아가 하소연을 했더니
이솝 영감 원망만 했다.

김원호 金源浩

「과수원」의 말들은 잘 익었는지요?
세찬 이론의 바람에 얼마의 落果가 있었는지요?
한밤의 침입자는 없었는지요?
해충들은 다 잡았는지요?
힘깨나 쓰던 일꾼들은 그대로 있는지요?
뭐라고요? 대학으로 몰려갔다고요?

김월준 金月埈

어떤 돌은 썩어서
석탄이 되고,
어떤 돌은 더 썩어서
보석이 된다.

외로움도 잘 삭혀
세월에 묻어두면
마음에 잘 박힌
보석이 되지.

김유신 金有新

시인은 언어의 정원사
감성의 뿌리는 메마르지 않게,
이념의 해충은 얼씬도 못하게,
헝클어진 문맥은 剪枝를 하고
다양한 이미지의 꽃을 피운다.
詩의 나무도 그늘이 많아야
많은 사람을 쉬게 할 수 있다.

김윤배金潤培

빌딩숲이란 말 참 우습다.
숲을 숲이게 하는 나무와 바람
풀벌레며 다람쥐 어디 있는가.
아, 맹수같이 덤벼드는 자동차 땜에
다들 떠나고 사람만 시달리는구나.

김윤성 金潤成

난 좋아 눈이 없는 네가
귀도 코도 입도 없는 네가 좋아
난 좋아 걷어차도 가만있는 네가
호수에 던지면 물무늬 만드는 네가 좋아
좋아 좋아 죽음 같은 너의 침묵이
지구도 아마 예쁜 돌멩이일 거야.

김윤완金允哣

농부가 끄는 것은
忍從의 소다.
농부가 일구는 것은
흙의 사상이다.
농부가 거두는 것은
한 개의 밀알이다.

김윤희金閏喜

이상하다
봄은 왜 오는지
이상하다
마음은 왜 흔들리는지

봄은 죄,
흔들림은 벌.

김은자金銀子

나는 양희은의 "사랑이 깊으면 외로움도 깊어라"
대목을 좋아한다.
김은자의 "요단강 건너가 공원묘지에서 만나리"로
끝나는 「깊은 산」을 읽으며
나는 그것이 시 제목이 아니라 산 이름이었음 했다.
"어찌하여 멀음은 그리움일까"라는 詩句가
손을 젓는다.

김의암金義岩

入山 무렵의 「禪日記」
지금도 쓸까?
退山을 했으니 '속세일기'일까?

몸의 俗, 마음의 聖
그 사이에 백지 한 장.

김일엽金一葉

『청춘을 불사르고』 입산했다.
아직도 불씨가 남아
이따금 산불이 난다.

김재원 金在元

타이프라이터로 詩를 찍고, 그는
"타이프라이터가 나를 번역해 나간다."고 썼다.
모든 詩는 감정의 오역이다.
요즘 시인들은 인터넷에 詩를 띄우고
컴퓨터가 나를 날렸다고 하지 않는다.
상상의 날개가 모두 잘렸기 때문이다.

김재현金載玹

어쩌다 기차가 지나가면
아이들이 달려와
손을 흔들던 언덕에

세월은 기술도 좋지
고층아파트로 더 높였네.

김재호 金載昊

숲의 음악시간은
바람이 가지를 흔들어 지휘한다.
파트별로 화음하는 새들의 합창.

다음은 미술시간
흰색 크레용만 가지고 오라고
겨울담임교사가 일러준다.

김재흔 金在欣

비나이다, 비나이다
눈 뜬 자들은 더 큰 눈 떠
이 세상을 보도록.
눈 감은 자들은 이 풍진세상
더 보지 못하도록.

비나이다, 비나이다
산 자의 기도를
죽은 자여 잊으소서.

김정수 金丁洙

뇌졸중이 그를 두 번 쓰러뜨렸다.
그때마다 그는 말을 잃었다.
말을 잃고서 詩를 더 잘 썼다.
한 번만 더 쓰러지면
한국의 시인들 詩쓰기 어려울 게다.
뇌졸중이여, 우리가 詩 좀 더 쓰게
그를 모른 척 해다오.

김정숙金正淑

그녀의 귀는 짜디 짜다.

항상
바닷물이 적시기 때문이다.

김정원金貞沅

무덤을 파헤치고 꺼낸 棺에
어디선가 날아온 나비 한 마리.

죽은 혼백이
移葬을 잘 해달라고
두 날개로 祝手를 한다.

김종金鍾

불씨 한 점으로도 불붙는 산은
다「無等山」이다.
눈물 한 방울로도 물에 잠기는 산은
다「無等山」이다.
울음 한 소리로 골짜기가 차는 산은
다「無等山」이다.
有等이란 有等을 다 落傷시키는 산은
다「無等山」이다.
마음에 밑자락을 깔고 있는 산은
다「無等山」이다.

김종길金宗吉

영국 셰필드大 W · 엠프슨 교수님께 배우셨다니
몇 가지 여쭈어 보겠습니다.
그 분의 강의가 정말 '애매'했던지요?
애매모호하게 들은 사람들이
애매모호한 소문 퍼뜨린 건 아닌지요?
인생이 애매한데, 詩라고 애매 아니 할 수 있나요?
죽음만은 확실하니 그건 詩가 아니겠지요?

김종문金宗文

그의 시학에는
수학, 물리, 화학, 기호학 등이 포함되어 있어
시를 공부하는 토요일은
『불안한 토요일』이다.

김종삼金宗三

어느 시인학교에
구름을 '아이스크림'이라 하고,
꽃을 'ㄲ · ㅗ · ㅊ'이라 쓰고,
바람을 '풍금'이라 부르고,
"나는 살아 있다"고 크게 외치며
영원한 민간인으로 살던
별난 교장선생님이 계셨었더래요.

김종원 金鐘元

일제시대 가족사진은 유관순 누나들 같고,
6·25때 가족사진은 고아원 아이들 같고,
4·19때 가족사진은 데모대들 같고,
5·16때 가족사진은 수배자들 같고,

요즘 가족사진은 여행단 같다.

김종철 金鐘鐵

어떤 사람은 손에다 못질을 하고
어떤 사람은 가슴에다 못질을 하고
어떤 사람은 관에다 못질을 한다.
근래 詩에다 못질을 한 사람이 있다.
가장 무거운 말의 망치를 지닌 사람이다.

김종한金鍾漢

두레박으로
푸르른 달빛을 길어 올리시던
어머니.

수세식 주방에서
하이타이로
옛날을 깨끗이 지우신다.

김종해金鍾海

詩의 보물섬을 찾으러 떠났다.
폭풍, 해일과 싸우며 『항해일지』를 썼다.
거기에는 詩의 보물섬에 대한 비밀도 기록되어 있었다.
귀향길에서 암초에 난파당하고 목숨만 간신히 건졌다.
그만이 아는 詩의 비밀을 발설하지 않고 있다.

김준식 金埈植

다시 가을에

다시 별에게

다시 꽃을

다시 바람의

다시 자화상으로 그려 보낸다.

김준태 金準泰

나도 농사꾼의 자식이어서
타작을 할 때마다 '참깨 모가지'를 생각한다.
금남로에서 주먹 한 번 허공에 찌른 적 없어도
내 가슴의 광주에선 그와 함께 돌진했다.
이제 우리, 세 손가락으로 펜을 잡지만
그것이 모든 손들의 화해의 악수라고 생각하자.

김지하金芝河

표를 돈으로 사들인 자들
돈을 돈으로 긁어모은 자들
신을 돈으로 팔아먹은 자들
법을 돈으로 죽인 자들
몸을 돈으로 병들게 한 자들

오, 적들이여!

김지향金芝鄕

『병실』에서 내다 본 『막간풍경』은
『검은 야회복』의 『사육제』.
『빛과 어둠사이』로 『속의 밀알』은 빠져나가고
『그림자의 뒷모습』은 『내일에게 주는 안부』.
『사랑 만들기』의 불길을 『바람集』이 올리네.

김차영金次榮

"나는 地圖의 어느 島嶼처럼 외로워집니다."라고
그는 썼다.
그는 섬 하나를 발견한 것이다.
자신의 가슴바다에 떠 있는 孤島.
아무도 발길 들여놓을 수 없는 섬.
우리는 누구나 자신을 섬이라고 생각한다.
세상은 그래서 多島海다.

김창완 金昌完

척박한 땅엔 돌멩이가 많다.
멍에의 소가 힘 든다.
힘든 소의 주인은 더 힘 든다.
척박한 땅의 나라엔
돌멩이들이 많이 날아다닌다.
힘든 소의 주인이 가장 멀리 던진다.

김창직 金昌稷

별은 빛의 먼지
사랑은 불꽃의 먼지.
詩는 언어의 먼지.
삶과 죽음은 영혼의 먼지.

먼지 날리는 길은
「작은 有生」의 행로.

김철金哲

그는
빈집 앞에서
주인 이름을 불러 보곤 한다.

한참 있으면
어느 곳에서나 틀림없이
金洙瑛이 걸어 나왔다.

김철기 金哲起

김초혜 金初惠

당신에게만 가르쳐드리는데요,

그의 집에는

사랑의 詩를 뽑아내는

큰 거미 한 마리를 키우고 있답니다.

김춘배金春培

그의
詩는
수직으로
길다.
외솔길
같다.
그 길로
그는
사랑을
만나러
외출
한다.

김춘석金春碩

시인의 집에
도둑이 들어 왔다.
훔쳐 갈 게 없자
도둑이 시인에게 말했다.

— 너나 좋은 말만
　잘 훔쳐서 써라!

김춘수 金春洙

'꽃'에 대한 시는
그가 쓴 것이 아니다.
그것은 하늘에서 떨어진 것이라고 자백했다.

천상에서 버려진 꽃은
지상에선 시가 된다.

김하늬

공중화장실을 나오면서
—「하느님 나 여기 왔다 갑니다」
이별의 대합실에도
—「하느님 나 여기 왔다 갑니다」
방화를 하고서도
—「하느님 나 여기 왔다 갑니다」
감방의 벽에도
—「하느님 나 여기 왔다 갑니다」

김학응 金鶴應

꽃이 피면 울더라
꽃 진다고 울더라

왜 사는지 안다고 울더라
왜 살았는지 모르겠다고 울더라

태어나서 울더라
죽으니 울어주더라

김해강金海剛

선조들은
나리의 목숨을 구하려고
압록강을 건넜다.

후손들은
목숨을 걸고 밥을 구하려고
압록강을 건너고 있다.

김해성 金海星

세상번뇌 뜬 구름
강물에 잠겨 놓고,
사공 없는 빈 배에
나이 먹은 시인 하나.
신라금관 같은 고운 님
기다린 지 하세월.

김현숙 金賢淑

나무는 까치를 위해 깨끗이
가지들의 잎을 떨군다.

그러면 까치가 거기
새 집을 짓는다.

김현승 金顯承

아무리 『견고한 고독』이라도
오래오래 씹으면
삼킬 만해진답니다.

김형영 金炯榮

사람들은
귓속말을 좋아한다.
'비밀'이라거나, '너에게만'이라면
속마음까지 내보인다.

모기가 앵앵 귓속말을 한다.
— 네 피 좀 줄래?

김형원金炯元

「벌거숭이의 노래」만 부르시니
사람마다 모두 피하지요.

오, 너무 앞섰던
한국 최초의 나체주의자여.

김혜숙 金惠淑

고통도 보드랍게 받는 마음에
행복은 얼마나 징그러운 희열일까.
미운 사람 잊으려는 애씀보다
고운 이 간직하긴 더 어려워
죽음이 희망이면 살 수는 있지.

김후란金后蘭

은장도의 여인이 장미가지를 벤다.
여인의 온몸에 가시가 돋고
입에서 뚝, 뚝 선혈이 듣는다.
가슴에 박힌 은장도
장미꽃 얼굴의 여인.

나태주 羅泰柱

술은 몸을 몰고
돈은 마음을 몰고
詩는 말을 몰고
정치는 백성을 몰고
사랑은 영혼을 몬다.

나혜석 羅惠錫

당신의 이름 앞에서
우리 남자들은 죄인 기분입니다.

「죽음」 그림은 깨끗이 지워버리고
다시 그릴 수도 있는데,
당신은 왜 자꾸
덧칠만 하셨나요?

나희덕 羅喜德

바다가
파도를 일으켜
한 마리 말을 몰고 온다.

그 한 마리 말이
가슴속으로 들어가
한 마디 말을 내뱉는다.

다 '물거품'이라고.

남궁벽 南宮壁

야구선수이셨다니 아시겠지요만
산문 같은 직구는 위험해요.
내재율의 변화구를 사용하세요.
27세에 요절이라니
그건 감정의 폭투였어요.
인생은 '원 아웃'으로 그만이잖아요.

남재만南在萬

그의 시풍은 이렇다.

인간은 지구여행단.
관광도 지겹다고
서둘러 떠나는 사람이 많다.

그의 시는 재미있다.
재미에도 뼈가 있다.

노만옥 盧晩玉

시인 가운데는
가시에 찔려
죽었다는 시인도 있는데,
요즘 인간들은
마음에, 눈에, 입에
온통 가시투성이인 채로
잘도 살아가고 있다.

노문천 魯文千

'네온' 불빛들이 너무 찬란해
밤하늘의 은하수 같았다.
별 하나를 따려고 돌을 던졌더니
쨍그렁! 소리가 들렸다.
별은 얼마나 아팠을까?

꿈은 쉽게 깨진다.

노영란 盧暎蘭

당신의 청문회에서
"증인은 임종을 꽃처럼" 맞았지만
우리들의 시대에는
꽃의 임종에 아무 증인도 없답니다.

노영수 盧榮壽

古稀가 되었는데도
그는 걸음걸이가 서투르다.
말 또한 서투르다.
예수님의 품으로 귀의해서
다시 태어난 사람
어린아이처럼 걷는다.
어린아이처럼 말한다.

노익성盧益星

횃불은 타오르는 것.
깃발은 휘날리는 것.
붉은 피가 뜨겁다.
흰 가슴이 찢긴다.

횃불은 밝음이 적이고,
깃발은 어둠이 적이다.

노자영 盧子泳

가슴에 가시를 품었으니
나도 장미일까요?

마음을 훔쳐갔으니
그를 도둑이라 해야겠지요?

노천명盧天命

목이 길어서 슬프다면
아주 더 슬프게
기린이라 할 걸 그랬나요?

노향림盧香林

나는 그녀의 첫줄을 좋아한다.
—"안녕하세요? 가을입니다."

그녀의 끝줄을 나는 더 좋아한다.
—"우리 고통, 안녕!"

첫줄이 첫째인 그녀의
첫사랑 끝줄은 어떠했을까?

도광의 都光義

과수원에 부는 바람에는 아직도
첫사랑 소녀의 냄새가 묻어 있다.

푸시킨의 詩처럼
나는 슬퍼하지 않았다.
크리스티나 로제티가 옆에서
울지도 말라고 한다.

도을목 都乙木

첫 키스는
운명의 날인
친서로 교환된
비밀문서.

아직도 유효한
마음속의 '싸인'

도종환 都鍾煥

'접시꽃'이 어찌 생겼는지 잘은 모르지만
'당신'을 붙이니 금방 눈앞에 피네요.
지금도 무덤가에 눈물 뿌려 키우나요,
'접시꽃' 한 송이면 세상 모든 아내들
나 죽었어요, 하겠네요.

도한호 都漢鎬

감격시대는 눈물이다.

손수건은 이별의 감격시대.
태극기는 만세의 감격시대.
마늘은 시집살이의 감격시대.
최루탄은 시위의 감격시대.

이젠 하나밖에 안 남았다.
'우리의 소원은'의 감격시대.

랑승만 浪承萬

'투병 중'이라는 말 언제부터였던가.
하기사 우리네 삶이 몹쓸 병.
그의 기도는 빈 손바닥뿐이다.
"가을풀꽃과 함께 죽게 하십시오."
그의 「가을기도」는 그렇게 시작된다.
우리 뒤늦게 깨우쳤구나,
처음부터 그의 모든 시는 유서였음을.

림영창 林泳暢

여자가 꽃이라고? (거짓말 마.)
이런 걸 은유라고? (거짓말 마.)
남자는 늑대 같다고? (거짓말 마.)
이런 건 직유라고? (거짓말 마.)
거짓말하는 사람이 시인이라고? (그래.)

림헌도 林憲道

서울은 인정이
낙엽처럼 떨어져 살기 싫다고
낙엽처럼 가벼이 낙향했네.

서울은 이웃마다
서로 다른 사투리 귀가 어지러
연어처럼 말 찾아 회향했네.

마광수 馬光洙

야한 여자에게 야하다고 하면
성희롱.
야한 여자에게 야 놀자 하면
성폭력.
야한 여자에게 야단을 치면
성박해.
야한 여자에게 눈길을 안 주면
성모독.

마종기 馬鍾基

대학시절부터 시인이었던 우리는 선후배.
꼭 만나 정신병동 좀 구경시켜 달라 하고 싶었는데
한 세대가 더 지나도 상면을 못 했다.
이젠 세브란스에 안 가도 되지
서울에만 들어서면 정신병원인 걸, 뭐

마종하馬鍾河

얼어붙은 것이 어찌 얼음뿐이랴.
마음과 마음 사이에도 더 단단한 빙판이 있고
나라와 나라 사이에도 더 위험한 빙하가 있다.
그것도 빙산의 일각이다.
신과 인간 사이가 얼어붙으면
지구는 아뿔싸 한 덩이 얼음일 뿐.

맹문재孟文在

옛날엔 어렵사리
끼니로 때우던
'미숫가루'

요즘 아이들
별식으로 찾는다.

모윤숙毛允淑

『국군은 죽어서 말한다』고요?

그래서일까요.
38선 근처에선
시끄러워 살 수 없다니까요.

문덕수 文德守

누구나 무엇 앞에서 무엇이 되려 한다.
線의 線, 돈의 돈, 힘의 힘.
詩의 詩는 우리 모두의 '무엇.'
사람만 만나면
사람의 사람이 아니라
사람 위의 사람이 되려고들 한다.

문도채 文道采

1953년 호남신문에 발표된
그의 시 「귀향」을 읽다.

자식들은 떠나기 위해 돌아오고
아버지들은 기다리기 위해 떠나보낸다,
이 세상을.

문병란文炳蘭

땅에는 말뚝이 박힌다.
말뚝엔 철조망이 쳐진다.
사람은 들지 말라는 것이다.
개새끼들만 와서 똥오줌 갈긴다.
그래도 '나는 땅'이라고 우기는 사람이 있다.

문상명文相明

탱크만 전쟁이 아니다.
생존이 전쟁이다.
가장 넘기 힘든 것은
'富'와 '貧'의 38선.
생활전선의 지휘관으로 불명예제대다.

詩도 언어와의 전쟁이다.

문익환 文益煥

하느님의 말씀은 우주였고
예수님의 말씀은 詩였다.

사람들아,
사람의 말도
마음의 우주를 이뤄야
사람의 詩가 되나니.

문인수 文寅洙

그의 고향 어딘가엔 깊은 샘물 하나 틀림없이 있다.

그는 거기서 눈물도 오줌도 길어다가 뿌린다.

물레 잣듯 서러움도, 뱀허물 벗듯 괴로움도

그 물로 맑게 씻어 강으로 보낸다.

경북 성주군 초전면 대마리 고향 어딘가에

그는 詩의 샘물 하나 틀림없이 감추고 있다.

문정희 文貞嬉

그녀는 자꾸 몸속의 뼈를 뽑아낸다.
새로운 이브를 만들려고 한다.
그녀를 제거하지 않으면
우리 모든 남자들은 큰일날 것이다.
죽여라, 죽여
바람이고 물이고 불인 여자를.

문창갑文昌甲

못도
아픔을 끝내 참아내야
제 자릴 든든히 잡는다.

문충성 文忠誠

허수아비 인생
허수아비 사랑
허수아비 대통령
허수아비 민중

허수아비 시인
텅 빈 말의 벌판을 지켜라.

문효치 文孝治

바람에도 色이 있다.
봄바람은 연두, 여름바람은 진초록
가을바람은 갈색, 겨울바람은 백색.

마음에도 色이 있다.
生死는 黑과 白,
희로애락은 무지개,
사랑은 빨강.

민영閔暎

일본 북해도 삿포로 노가다판에서
지팡이 하나 덜렁 들고 와서는
"죽는다는 건 쉬운 일이지" 한다.
아냐, 더 쉬운 게 있어.
시인은 시만 안 쓰면 죽은 거야.
참 쉽죠?

민용태閔鏞泰

그의 시는
말이 되기도 하고
말이 안 되기도 한다.
말이 안 되는 시가
더 시 같기도 하고
더 시 같은 말이
더 말이 안 되기도 하고.

민재식 閔在植

새벽닭이 세 번 울기 전에
우리는 당신을 버릴 것이다.
그러나 걱정하지 마시기를
요즘에는 닭울음소리 들을 수 없으니.
속죄양이 되기 싫은 자들이
지상 모든 닭의 모가지를 비틀었다.

박거영朴巨影

60년 초, 대학생 때 찾아갔었지.
명동골목 어딘가 '시인의 집' 푯말.
'도서출판 인간사'를 경영하여
『인간이 그립다』『인간의 환상』을 출판했지.

지금도 하늘나라에 '시인의 집' 짓고
그곳 시인들을 불러 모아
人間事를 그리워하고 있을까?

3부

박건
|
석용원

詩人列傳

박건朴健

가을이 울긋불긋
연서를 쓴다.

겨울이
다시 쓰라고
하얗게 지워버린다.

박건수 朴健洙

가을이
露店에 앉아 있다.
낙엽, 이웃이 많다.
바람이 단속을 한다.
어스름이 포장으로 가려준다.
모두 빈 잔이다.
건배는 하지 않는다.

박건한 朴建漢

바다를 아무리 사랑해도
스스로 깊이 드는 자는 없구나.
그가 바다에 가는 것은
이중섭 아이들의 불알이 보고파서다.
'아!' 이외의 말이 하기 싫을 때.

박건호 朴健浩

"태평양 상공에서
단군의 아기가 울음을 터뜨린다.
그것은 마지막 모국어
그냥 울게 내버려 두라."

이런 詩 쓸 수 있는 사람, 손들고 나와 보라!
아, 박건호
이 한 편만으로도 시인이다.

박경리 朴景利

에끼, 이 사람아
그 분은
부동산 브로커가 아니야!

얼마나 엄청난 혼을 묻기에
그리 많은 『토지』를 마련했을까?

박경석 朴慶錫

한국전에 월남전, 죽음의 열두 고비
고비 고비 넘겨 받은 11개 훈장.

詩에 生死는 없어도
훈장보다 더 빛나는 불멸의 이름
'시인'이라는 천형의 왕관.

박경석 朴倞錫

삼국통일도 3박 4일
바캉스도 3박 4일
38선도 3박 4일
달나라도 3박 4일

아, 우리네 인생도 3박 4일!

박경용 朴敬用

나는 아내를 처음 꼬드길 때
"나는 노벨문학상이 꿈"이라 했다.
그가 가람문학상 수상을 거부했을 때
속에 딴 생각이 있구나, 했다.
동지애, 공범자 같았다.
우리와 함께 감옥에 가기 싫은 사람
당신은 詩 쓰지 마!

박경종朴敬鍾

아이들은 왜
'응가'를 힘들게
입으로 할까?

어른들은 왜
뽀뽀를 따갑게
수염으로 하지요?

박곤걸 朴坤杰

빨래를 해서
햇볕에 널면
언제나 먼저 마르는 건
아내의 마음이다.

박귀송 朴貴松

가을엔
모든 나무들도
옷을 벗는데

떠나는 여인만
옷을 입는다.

박기동 朴起東

너는 뭐하는 사람이여?
— 꿈을 꾸는 사람.
너는 뭐하는 사람이여?
— 말을 먹는 사람.

그리움의 집배원, 외로움의 중독자
詩를 앓는 사람.

박기원 朴琦遠

그의 묘는 어디 있을까?
죽으면 비석을 세우지 말라는 유언
후손들은 그걸 지켰을까?
하기사 시인에겐
땅 전체가 누울 자리요
하늘이 봉분이려니
어디에다 비석을 세우리.

박남수 朴南樹

한국의 모든 새들은
그의 총을 피할 방도를 논의하고,
한국의 모든 포수들은
그의 詩를 읽지 않기로 의결한다.

박남철 朴南喆

퇴출에 죽으리랏다.

공해에 죽으리랏다.

SOFA에 죽으리랏다.

성폭력에 죽으리랏다.

낙태에 죽으리랏다.

선거에 죽으리랏다.

러브호텔에 살어리랏다.

박노석朴奴石

그는 스스로
"나는/ 人間除籍者"라 부르며
소외를 즐겼다.

문단은 잡상인들의 장터,
고독은 영혼의 진주.
그는 보석을 헐값에 팔 수 없었다.

박덕규朴德奎

사람과 사람 사이에는
개똥이 있고,
개와 개 사이에는
사람 똥이 있다.

박덕매朴德梅

「종소리」로 등단하고
오랜 침묵이다.

'누구를 위하여 종은 울리나?' 하고
그녀도 묻는가.

詩는 써 무엇 하겠느냐는 것도
인생에의 경종.

박두진 朴斗鎭

"해야 솟아라, 해야 솟아라."
솟기로 치면야 한국의 物價高.
"사슴을 따라 사슴을 만나면"
보신에 최고라는 鹿角 싹둑 잘라 먹고,
곰을 따라 곰을 만나면
정력엔 왔다라는 웅담 냉큼 빼먹지.

박명성 朴明星

몇 광년 비로소 눈을 맞춰
별 하나 반짝 눈을 뜬다.

한순간에 눈을 맞춘
사람과 사람,
한평생을 어둔 밤길
별 없이 간다.

박명용 朴明用

그 옛날에
무릎만 걷고 건너던
'幼年의 江.'

세월 구비 빈 가슴
얼마나 깊어졌길래,
한 번 들면 꿈 깨도
못 건너오나.

박명자朴明子

꽃밭에 숨으면 금방 들키지
나비가 날아가니까.
달빛에 숨어도 금방 들키지
그림자 길게 지니까.

가을 뒤에 숨어야 영 못 찾지
마음이 이미 멀리 떠났으니까.

박목월 朴木月

세상 떠난 사람들
모두 하늘나라로 갔는데,
혼령 하나가 아직도
달 밝은 밤에는
밀밭길에서 서성거린다.

박문재朴文在

푸른 군복을 벗어던지고
나무들이 쳐든 손, 손마다
눈이 흰 손수건을 쥐어준다.

동장군 각하!

모든 山河가
하얗게 투항한다.

박방희 朴邦熙

어둔 밤길에 불빛 한 점
거기 사람이 있다는 것이다.

밤하늘에 별빛 총총
거기 사람 혼불이 많다는 것이다.

박병순 朴炳淳

전쟁통에
새들은 다 도망을 가고,
비행기들만 날개가 아프도록
날고 또 난다.

귀소한 전투기들이
지친 날개를 늘어뜨리고 있다.

박보운 朴甫雲

적함은 어디 있는가?
"동경 37도 18분 30초
북위 1백 25도 12분 30초."
— 발사!

詩는 어디 있는가?
아직 포착되지 않았음.
— 발사 중지!

박봉우 朴鳳宇

한국의 땅 위에는 잘 그려지는,
휴전선 근처에는 더 잘 그려지는
조선의 눈물을
아무리 金昌烈 화백이라도
「조선의 창호지」에는 그리지 못할 걸.

박상배 朴尙培

洙暎과 春洙를 싸움 붙여 놓고
두 편으로 갈려 싸운다.
투전꾼들이 詩를 잘게 썰어 판다.
몸싸움은 치열했다 하고
핏빛은 장미였다고 한다.

박상일 朴商一

앞산에 불
뒷산에도 불
언제 다 끄나.

앞산에 진달래
뒷산에도 진달래
언제 또 피나.

박상천朴相泉

0.999999999도 1을 위해
평생을 헐떡거리고,
9.999999999도 1을 위해
평생 입맛을 다시다.

인생은 삶과 죽음의 $\frac{1}{2}$
분수를 알아야 나눠주지.

박석수 朴石秀

詩의 술래를 자처했던 사람.
이 땅에서는 찾지 못해
저 세상으로 서둘러 갔나?
詩야, 詩야 꼭꼭 숨어라
거기서도 못 찾으면
이 세상으로 되돌아오게.

박성룡 朴成龍

할아버지가 돈, 하면
아버지가 돈 · 돈, 하고
아버지가 돈 · 돈, 하면
아들이 돈 · 돈 · 돈, 한다.

그래서 돈은 돌고
지구도 돈다.

박양균朴暘均

그는 꽃에서 종소리를 듣는다.
고층빌딩에서 빙하소리를,
흐르는 세월에선 바람소리를,
세대마다에선 속삭임을 듣고
연꽃에서는 신음소리를,
석불에선 낙수소릴 들었다.

그리고 이제 눈을 감고
무슨 소릴 듣고 있을까.

박영우 朴榮雨

동양에선 광인을 스승으로 모시고
서양에선 광인을 정신병원으로 보낸다.

정신병원 근처에 시인의 집이 있다.

박영하 朴永河

그녀에게
경험은 연극대본의 복사이고,
삶은
그 복사의 재복사물이다.

시는?
그 대본 속의
가장 빼어난 대사가 아닐까?

박영희 朴英熙

제 아무리 일류 건축가라도
이 시인 앞에선 입을 다물 것.

「月光으로 짠 病室」의 설계자니까.

박용래 朴龍來

술 한 잔 마시고 울었다.
꽃이 진다고 울었다.
비가 온다고 울었다.
눈이 온다고 울었다.

그의 시를 읽고
누군가 더 잘 울었다.

박용수 朴容秀

시는 언어의 경제다.
축약시킬수록 의미가 팽창한다.
그는 말을 잃고 사전을 편찬했다.
무언의 시학을 터득한 시인
우리나라에 단 한 사람 산다.

박용철 朴龍喆

너도 가고 그도 가고
다 떠나는구나.

그래, 그래, 모두 떠나가라
이 땅은 내 혼자 지키마.

박의상朴義祥

한국의 길은 자동차 바위에,
한국의 공무는 제도 바위에,
한국의 정치는 독선 바위에,
한국의 시는 말의 바위에 짓눌려 있다.

더 무지막지한 바윗덩이로
내려쳐야 한다.

박이도 朴利道

황제는 '원시안',
앞의 눈물, 옆의 출혈
가까운 어둠은 못 본다.
먼 만세소리에만 귀 밝다.
모든 신하들이
두 손을 쳐들고 속삭이고 있다.

박인환 朴寅煥

'목마를 타고 떠난' 그 숙녀는
영원히 돌아오지 않을 겁니다.

소문에 의하면
버지니아 울프가 강물에 투신할 때
누군가 함께 뛰어들었답니다.

박재륜[朴載崙]

'Preter la Vivo'
—'인생의 곁을 지나며'

詩가 詩의 곁을 지난다.
삶이 죽음의 곁을 지난다.
박재륜이 박재륜의 곁을 지난다.

지난다는 것은 지운다는 뜻이다.

박재릉 朴載陵

살아서도 히히

죽어서는 더 히히

히히는 귀신의 詩詩

365일이 祭夜인 귀신 하나

송장만 있으면 히히

詩가 죽었다니 히히히

박재삼朴在森

열몇 살 소년이
'울음이 타는 가을 江'에 앉아
춘향에게 날마다 연서를 쓴다.
남원의 집배원은 그래서 바쁘다.
답장 대신 직접 만나자고 해서
열 몇 살 소년은
춘향의 나라로 서둘러 갔다.

박정만朴正萬

註①: 그는 하루에 30편의 詩를 썼다.

註②: 그는 하루에 여섯 병의 소주를 마셨다.

註③: 그는 20일에 3백 편의 詩를 썼다.

註④: 그는 6개월에 여섯 권의 시집을 냈다.

당신의 註: 그래서 어쨌다는 거야?
나의 註: '그래서'를 '그렇게'로 바꿀 것.
註의 註의 註: 산 사람은 그렇게 못 함.

박정온 朴定熅

白衣로 새해를 맞지만
금방 얻어맞아 푸르딩딩하고
피에 물들어 울긋불긋하다.

우리의 山河는 성한 데가 없다.

박정우 朴廷禹

'그 일' 때문에 산다.
'그 일' 때문에 죽는다.

'그 일' 때문에 울고,
'그 일' 때문에 마신다.

'그 일' 때문에 쓴다.

운명이라는 말, 어렵다.
그냥 '그 일'이라고만 하자.

박정임朴貞任

그녀는
자신을 '그 여자'라 부른다.
그 여자의 집에
그 여자는 없다.

그 여자의 첫 시집인
『그 여자의 집』에서만 산다.

박정환朴正煥

그는 언제나
이태백, 논개, 도연명
그리고 황진이하고만 마신다.

슬그머니 끼어들었다가
핀잔만 잔뜩 들었다.

박정희朴貞姬

살아보겠다고 혼자 몰래
새벽차로 떠난
시골역.

세월이 지나서
등에 하나, 양손에 하나씩
아이를 데리고 돌아오는
시골역.

박제천朴堤天

그가 쓴 것이 시인지
시가 빚은 것이 그인지.

귀신에 씌운 사람인지
사람에 씌운 귀신인지.

박종우 朴鍾禹

나의 대학시절 별명은
'흰 고무신.'

당신의 호는 그냥 '고무신',
한자로는 '古無新.'

이제는 아무도 즐겨 신지 않는
고무신.

박종철 朴鍾哲

山 하나에 바친 51편의 詩,
불암산은 참 좋겠다.
山도 알아볼 테니 시인은 더 좋겠다.

정상은 없고, 고개만 있는 詩의 산.
下山하며 깨닫는 세상 떠날 마음 채비는
오를 때도 가벼이, 내릴 때는 더 가벼이.

박종화 朴鍾和

살아서
「死의 禮讚」을 노래하셨으니
이젠
'生의 찬가'를 부르실 차례입니다.

박주관 朴柱官

열 사람은 죽여도 말하지 않았다.
백 사람을 죽여도 말하지 않았다.
천 사람을 죽여도 말하지 않았다.

아프다고 하지 않았다.
두렵다고 하지도 않았다.
자유라는 말은 할 까닭이 없었다.

박주일朴柱逸

그는
'문둥이'를 많이 길렀다.

성한 눈, 성한 코, 성한 귀,
성한 다리, 성한 손
성한 것만 모아서도
성한 사람 하나 못 만들었다.

그래서 詩로 만들어냈다.

박주택朴柱澤

그는 죽음 속에서 시를 건져냈다.
한 마리 벌레가 되었던 자신도,
중풍의 어머니와 노끈에 매인 장애 아들과
썩은 냄새를 풍기는 소녀와
핏방울 흘리며 검은 별이 되는 꽃들까지도.

시가 잘 안 될 때는 어머니에게 말한다.
"다시 제 무덤의 뚜껑을 열까요?"

박진숙朴珍淑

새가 되어 다시 돌아오겠다고 한다.
그녀는 욕심쟁이.
저 넓은 하늘을 다 자기 집으로 만들려고 하다니.

아냐, 이미 누군가의 가슴에
꼼짝 못하고 갇혀 있을지도 몰라.

박진환 朴鎭煥

「사랑法」은 결코 울지 않는 法.
「사랑法」은 결코 외로워하지 않는 法.
「사랑法」은 결코 그리워하지도 않는 法.
「사랑法」은 결코 떠나지 않는 法.

「사랑法」은 어려운 法.

「사랑法」은 결코 사랑이란 말 쓰지 않는 法.

박찬 朴燦

나무도 잘 자란다 하면 더 잘 자란다.
풀도 강해져라 밟으면 더 강해져 일어선다.

바람도 세게, 더 세게 하면 더 세게 분다.
사람도 사랑해, 사랑해 하면 더 사랑할까?

어떤 사람들은 아파, 아파하면 더 아프게 때린다.

박찬선 朴贊善

집 담은 쉽게들 넘지만
마음 담은 아무도 넘으려 하지 않는다.
담을 허물려고 애쓰다 쓰러진 사람이
담보다 더 높아져야
그제야 그걸 딛고 담을 넘는다.

박찬일 朴燦一

모든 욕은 '나, 외로워 죽겠다!'는 거다.

그는 화장실에서 욕을 한다.

그의 집에는 화장실이 많다.

하늘에 대고 욕하는 사람도 있다.

세상이 그의 화장실이다.

미치는 건 별 것이 아니다. 특히 요즘.

박철석 朴喆石

어느 섬에 가면
슬픔은 돌이 되고
그리움은 비가 된다는데,
내륙에 들어서기만 하면
왜 돈은 슬픔이 되고
꿈은 돌이 되는가.

박치원 朴致遠

거리마다 인파 · 인파, 사람의 행렬
"그것은/ 삶의 復數랍니다."

한반도 땅덩이는 붙어 있어도
생각은 分數.
이산가족 몸몸은 헤어졌어도
마음은 單數.

박태진 朴泰鎭

寅煥이 세상을 떠났다고 편지를 쓴 洙暎도 세상을 떠났다.
주지주의에는 즐겁게 落傷했지만
日人 小使가 제일 무서웠다.
그보다 정말 무서운 것은
인테리젠스의 비애가 아니었을까요?

박팔양朴八陽

진달래는 백일홍처럼 붉지 않아서
무슨 말로 노래하랴, 그러셨으니
38선을 건너신 건 붉은 색 때문인가요?
그러고선 남녘하늘 저녁노을이
그곳보다 더 붉어서 마음 아파
아, 슬픈 노래를 불러다오, 그러셨나요?

박해수 朴海水

파도가 밀리며 오선지를 만들면
모래알이 씻겨서 노랫말이 된다.
바다에 누워 詩를 쓴다.
바다에 누워 노래를 부른다.
詩는 물속의 달을 따라 가고
노래는 물새가 더 멀리 실어 나른다.

이젠 가자 할 사람 곁에 없다.

박현령 朴賢玲

사랑은

그리움의 도 · 레 · 미

詩는

외로움의 파 · 솔 · 라

인생은

괴로움의 시 · 도

죽음은 침묵의 오선지.

박현서 朴顯瑞

아내의 붉은 입술을 보고
(끔찍스럽게도)
여왕벌과 개미의
교미 후 죽음을 떠올리시다니요.

아, 참! 아프리카 그 옛날의 식인종은
여왕벌과 거미의 튀기가 아녔을까요?

박현태 朴鉉泰

참 좋은 사람.
그는 '싫어!' 하지 않는다.
그는 '안 돼!' 하지 않는다.
'빈 병' 같은 사람.
속엣것 다 내어주고 빈 병이 된 사람.
바람 불면 구슬픈 휘파람 소리
그 짙은 서정의 終章.

박홍원朴洪元

'앓는다'는 말은
알을 낳는다는 말이 아닐는지요?

마음을 앓으면
어떤 사람은 病을 낳고,
어떤 사람은 詩를 낳는다.

詩도 病이다.

박화목 朴和穆

이제 우리나라에서
보릿고개는 없어졌지만,
당신의 '보리밭'은
언제까지나 싱싱하게 자랄 것입니다.

박훈산 朴薰山

6·25때는 공군 종군문인.
밤하늘의 별을 좋아했다.
대표시도 「나의 별이 있다면」이다.
아예 파일럿이 되어 별을 달고
밤하늘의 별을 향해 날았을 것을.

지금은 어느 별자리에서
우리를 내려다보고 있을까?

박희선 朴喜宣

一主題에 一形式을 주장하셨다고요?
그럼요, 一物一語라는 말도 있었잖아요.
해변에선 비키니요, 결혼식엔 면사포
한 잔 하면 콧노래요, 번쩍하면 꽈르릉이지요.
우리네 인생이여, 한 번 삶에 한 번 죽음!

박희진朴喜璡

"생전에 보이지 않게 살기를"
묘비명에다 쓴 사람.

그를 보면
안 보이는 척 하실 것.

방극인 房極寅

구름을 보고 기뻐 산다.
꽃을 보고 기뻐 산다.
물을 보고 기뻐 산다.
나무를 보고 기뻐 산다.
사람을 보고 기뻐 산다.

詩가 있어 기뻐 산다.

배미순裵美順

그녀의 아기는
사흘 만에 세상을 떠났다.
얼마나 슬펐을까?

그 아이가 천상에서
하나님이 되었다고 그녀는 썼다.
얼마나 놀라웠을까?

예수의 어머니는 한국여인이었다.

배준석 裵俊錫

웬만한 망치질로는
끄덕도 없는 콘크리트 벽을
연약한 그의 귀뚜라미 울음이
쉽게 뚫는다.

배태인裵泰寅

'그렇게 소원이던 신문기자' 해보셨으니
이런 우스갯소리 물론 들으셨겠지요?

— 기자, 세무서원, 경찰
　이렇게 셋이서 술을 마시면
　누가 술값을 낼까요?

선생께서 계셨다면 선뜻 내셨겠지만
아, 글쎄 정답은 '술집주인'이래요.

물론 재미없으시겠지요?

백규현 白奎鉉

하루의 연극이 끝나면
큼지막한 노을 장막이 내리지만,
한 사람의 인생 드라마는
눈꺼풀 한번 내리 감으면
영원한 검은 장막이다.

백기만白基萬

많은 잡지 편집에 3·1운동 옥살이
시비 여럿 세워주고 평전도 펴내주고
문인 뒷마무리는 끝내줬는데
생전에 한 권 시집도 내지 않았다.
삶이 곧 작품이요, 죽음이 그대로 전집인 것을.

백석 白石

인생은 짧고 예술은 길다지만
아무나 죽어서 작품이 남나.
열아홉에 신춘문예 단편소설 당선!
글쟁이 으뜸은 '여우난곬族'의 후손.
한때는 小作人 비애 오죽 품었으랴.
목숨이 하늘의 小作일진대, 詩의 大作 거뒀으니
以下는 同文!

백초 百初

옛시인들의 에덴은
'과수원'이었고,
이브는 '소녀'였다.

그 동산에
우루과이 라운드의 농약 머금은
수입개방의 뱀이 기어들었다.

백한이 白漢伊

살아서 누구보다
자연을 사랑한 사람이 저 세상으로 가면
육신이 자연으로 분화된다.

머리칼은 수풀, 눈은 별, 귀는 소라,
손발은 나무, 살은 흙, 코는 산
그는 온 세상 천지
어디에도 있다.

범대순范大錞

白人들이 물었다.
— 우리는 밤에만 벗고 자는데,
너희들은 밤낮없이 왜 벗고 사니?

黑人鼓手 '루이'가 대답했다.
— 아프리카는 검은 대륙.
언제나 밤이잖아!

변세화 卞世和

"목련이 지고 있다.
내 서른 예닐곱 헛일이 지고 있다."
지난 날의 허사(虛事)들이
꽃이 되는 삶.
그런 호사(豪事)가 다시 있으랴.

변영로 卞榮魯

꿈 팔아 외로움 사서(賣)
산골에 살랬더니,
전답 팔아 서울 가서
꿈 잃고 외로움 사네(生).

복효근 卜孝根

그를 만난 일은 없지만
틀림없이 부처를 닮았을 거다.

땡볕 아래 길가에서
푸성귀를 팔고 있는 할머니는 '등신불상'으로,
늘어놓은 푸성귀들은
'상추經 우엉經 열무經 부추經'으로 보인다니.

상희구 尙喜久

초등학교 때 소풍날 싸간
꽁보리밥이 부끄러워
산모퉁이에 숨어서 먹었다는
아린 추억의 시인이여,
꽁보리밥 도시락도 싸갈 수 없어
아예 소풍을 가지 못한
아이도 있었다는 사실에
다소간의 위안 얻으시기를.

서동철徐東轍

지닌 자를 위해 버린 자가 '건배'
찾은 자를 위해 잃은 자가 '건배'
있는 자를 위해 없는 자가 '건배'
높은 자를 위해 낮은 자가 '건배'
웃는 자를 위해 우는 자가 '건배'
산 자를 위해 죽은 자가 '건배'

빈 잔의 '건배'

서은숙徐恩淑

우리네 삶 속에
수없이 찍는
'콤마'들,
하나의 '피리어드'를
못 당하네.

서인숙徐仁淑

말씀으로 빚어진 세상
말씀을 어기면 '원죄'가 된다.

입은 죄의 출구.
말이 눈물로 되돌아올 때
세월은 벌이 된다.

서정란徐廷蘭

어머니 가슴만한
무덤이 어디 있으랴!

그러나
그 어느 하나에도
묘비명이 없구나!

서정윤 徐正潤

홀로서지도 못하면서
뛰어가려고 하다니

한국은 아직 멀었다.

서정주徐庭柱

시인에게도
바둑 유단자처럼 호칭이 있다면
'入神'에 가장 먼저 든 사람은
未堂이 아닐까?

그와 만났던 사람은
다 接神을 한 것이다.

서정춘徐廷春

그는 어린 시절에
배가 너무 고파서
조랑말이 눈 똥을
“따듯한 풀빵 같다.”고 일기에 썼다.

그가 시인이 된 것은
배가 고팠기 때문이다.

서정태徐廷太

만 63세에 첫 시집.
참 보기 좋다.
30년간의 절필.
참 듣기 좋다.

삶이 詩인 사람은
全生이 한 권의 시집.

서지월徐芝月

강물은
눈물을 흘러 보내고,
빨랫줄은
눈물을 뚝뚝 떨군다.

비는
누구의 눈물이길래
'시인'이라는 모자만 골라 적시나.

석계향石桂香

南山에 올라
서울만 내려다 봐도
그렇게 노여움 치솟으셨는데,
그렇게 높은 곳에서 내려다보시면
이 지구가 혹 한 점 티끌 같아
노여우실 것도 없으시겠죠?

석성일 釋成一

대자대비하옵신 부처님,
이 사람을 제발
詩로부터 放生해 주옵소서.

석용원 石庸源

어린애가 좋아하는 것은 다 좋은 것이다.
어머니가 좋아하는 것은 다 좋은 것이다.
거지가 좋아하는 것은 다 좋은 것이다.
장님이 좋아하는 것은 다 좋은 것이다.
임종 때 좋아하는 것은 다 좋은 것이다.

"하느님 보시기에 좋아라."

4부

석지현
|
윤재걸

詩人列傳

석지현釋智賢

머리를 깎고 중이 되었다.

말을 잘 깎아야 시인이 된다.
백성을 잘 깎는 저 임금 좀 봐.
그래, 깎아라, 깎아
깎이고 깎여서 아주 없어져야
無에 이르나니.

설의웅薛義雄

옛날엔
상여에 얹혀
돌아갔는데

요즘엔
리무진에 실려
곧장 간다.

설정식 薛貞植

출생 년대가 '?'로 되어 있으면
아직 태어나지 않은 사람 같다.
사망 년대가 '?'로 되어 있으면
언젠가는 돌아올 사람 같다.

(?~1953. 8)
그는 다시 태어날 것이다.

설창수薛昌洙

"찢어봤자 兄弟, 씹은들 姉妹"
반세기 찢고 씹어 앙금만 남았네.
두 金이 껴안고 투덕일 때는
두 눈에 눈물 왈칵 치솟았지만
너무 비싼 눈물이라
그게 다 우리 것인지!

성권영成權永

가운, 교복, 법의, 군복, 수영복, 임신복 다 '작업복'이다.

화가, 음악가, 배우, 무용가
다 '작업복'이 있다.

시인만 '작업복'이 없다.
어이구, 이 천둥벌거숭이.
壽衣 입히기는 편하구나.

壽衣는 마지막 '작업복'이다.

성기조成耆兆

하늘과 구름과 별과 비,
산과 꽃과 돌과 흙
모두가 그의 化身이다.

그의 시는
그것들의 分身이다.

성지월成芝月

— '뻰찌' '드라이버' '몽키' '卷尺'
— '萬年筆' '原稿紙'
누가 工具店 · 文房具를 차렸나?

이것은
그의 '이력서'에 기재된 재산목록.
工具가 많으시니
망가진 詩들 잘 수리해 주시기를.

성찬경成贊慶

詩

註: 그는 요즘 一子詩를 쓴다. 이 詩도 詩行임.

성춘복成春福

— 거기 아무도 없습니까?
옛날에는 하늘을 보고 외쳤다.

— 거기 사람 없어요?
요즘에는
하느님이 아래세상을 향해 소리친다.

소한진 蘇漢震

초현실주의 시에는
언어의 교통순경도
이미지의 횡단보도도
비유의 신호등도 없다.

발상의 手話를 잘 익혀야 한다.

손광은 孫光殷

보리타작하던 아버지들은 다 사라지고
매 맞던 아이들이 어른이 되었다.

"여 때리라, 저 때리라."

매질 모르고 자란 요즘 아이들이
어른들을 호되게 매질하고 있다.

손기섭孫基燮

의사인 그는
펜을 메스로 사용한다.
원고에서 곪은 곳, 썩은 곳을 도려내
깨끗한 시로 만든다.

그런데 의사인 그는
오진만 거듭한다고 고백한다.

송상욱 宋相煜

여승이
잉태를 했다.

아기는
달빛의 후손.

첫돌잔치엔
달님만 초대받았다.

송선영 宋船影

푸른 채찍에 묻어나는
흰 살점들.

바다는
상처가 아물 날이 없구나.

노을이
빨간 약을 발라주곤 한다.

송수권 宋秀權

그가 山門에 기대어 있는 것은
사람이 아니라 山을 기다리는 것이다.
山이 올 수 없는 걸 뻔히 알면서
어차피 죽으면 그리 가야 하겠지
한차례 투정을 부려보는 것이다.

송욱 宋稶

예수는 면류관을 쓰고
릴케는 장미가시로 죽었는데
벌거숭이 장미 밭에 뒹군다.
피, 피, 피, 피
매저키스트 예수와 사디스트 시인이 상견례한다.

송유하宋油夏

"새 한 마리가 사무실에 날아들었다"고 그는 썼다.
1982년 4월 10일, 김포 들판에서
그는 의문의 객사를 했다.
"새 한 마리가 어디론가 날아갔다"고 나는 썼다.

송재학宋在學

그는 애써 '날짜의 끝'에
'먼 길', '밤길' 만 골라
'쓸쓸함의 內外'를 왕래한다.

언젠가는 '우울증'의 上下도
오르고 내리셔야겠지요.

송하선 宋河璇

시인은 연꽃을
'나의 修女여'라고 불렀다.

석가모니와 성모마리아가
보리수 아래서 잠자는
아기 예수를 내려다보고 있다.

송혁 宋赫

낙엽은 '가을의 一節'이다.
二節은 이별이다.
후렴은 눈물이다.

가을노래는
一節만 부르는 게 좋다.

신경림 申庚林

詩人이 뿌리는 씨앗에는
그리움, 슬픔, 추억, 자연, 사랑, 행복, 고독 등
수없이 많은 종류가 있지만
그 중에는 民衆이라는 종자도 있다.

그 나무를 길러내는 데 실패하면
다른 나무들도 다 죽는다.

신규호 申奎浩

사람의 말, 사람의 귀에 안 들린다.
사람마음, 사람의 마음에 못 들어간다.
사람의 일, 사람의 손을 훌쩍 떠났다.
사람목숨, 사람의 목숨이 이미 아니다.

"사람아 사람아 슬픈 사람아."

신기선 申基宣

어렸을 땐
사내, 계집애로 갈렸다.

나이 들어서는
두 개의 조국으로 갈렸다.

계집애, 사내들은
제 짝들을 다 찾았는데,
두 개의 조국은
아직 짝짓기를 못하고 있다.

신달자 愼達子

연인들 하고 싶은 말은 혀 밑에 숨겨
서로 입 대고 밀어 넣는다.
아뿔싸 그게 잘못 목에 걸리면
'모순의 방'에 갇혀 토악질의 한평생.

'물 위를 걷는 여자' 어찌 잡으랴
사내들만 풍덩풍덩 헛발 놓는다.

신동문 辛東門

그는 詩를 썼다.
아니다, 詩가 그를 썼다.

그는 詩를 안 쓴다.
아니다, 아니다
詩가 그를 안 쓴다.

신동엽 申東曄

한국어를 사용한 사람 중에서
가장 정확한 名詞를 쓴 사람.
— '껍데기!'

動詞를 가장 강하게 발음한 사람.
— '가라!'

신동준 申東峻

사람마다 마음바다에
섬 하나 만들어 놓고
그 섬에 가고 싶다고 한다.

아무도 간 사람이 없다.
이 세상의 섬이란 섬은
다 '無人島'다.

신동집 申瞳集

지금 이 세상은
하나의「빈 콜라병」입니다.

단내 맡고 몰려든
파리떼들의 잔치판입니다.

殺蟲劑 좀 급히 보내주시기를.

신동춘 申東春

가을도 깊어진다.
사랑도 깊어진다.
병도 깊어진다.
셋이 모여 詩는 더 깊어진다.

하느님은 가을을 왜 만드셨을까?
— 외로움을 깨우치라고.

신명석 申明釋

—「밤과 大理石 위의 꽃女子」
—「大理石으로 된 女子의 머리 생각」

응, 그리스 조각가의 후예군.
아냐, 石工의 딸을 사랑했나봐.

大理石 층계를
'낯선 사람들'만 오르내린다.

신석정 辛夕汀

두 가지 질문이 있습니다.

이 어두운 세상에
아직도 촛불을 켜지 않으셨는지요?

왜 그렇게
의문형의 詩를 많이 쓰셨는지요?

신석진 辛錫珍

원고지 칸칸마다
갇혀있던 문자들이
「새벽 2시」가 되자
본래의 事物로 걸어 나와
시인의 꿈을 어지럽힌다.

문장에는 그래서 괄호가 필요하다.

신석초 申石草

남신 여신 잡귀신, 처용 疫神에
궁녀 妓女 僉舞娘, 巫女 閨女 狂女까지
「바라춤」 한바탕에 혼백이 승천
에헤라 인간사 억울도 신명
하늘은 너무 멀어 청산에 묻히리.

신세훈 申世薰

비에트남 엽서를 받으면 화약냄새.
미국 엽서를 받으면 버터냄새.
불란서 엽서를 받으면 향수냄새.
일본 엽서를 받으면 오뎅냄새.

한국 엽서를 받으면 최루탄 냄새.

신장련申長蓮

그녀의 시는 파도로 씻긴다.
그녀의 시는 비로 씻긴다.
그녀의 시는 눈물로 씻긴다.

그녀는 수성(水性) 시인이다.
섬 태생이라 그렇다.

신정식 申正植

'바다'에 대해 자꾸만 쓰니
바다가 자꾸만 좋아
지붕 밑으로, 벽 틈으로, 눈 속으로
자꾸만 스며든다.

빗물이 잘 새는 집
그의 눈물은 바닷물이다.

신중신 慎重信

보이지 않는 槍들이 날아온다.
눈에서 눈으로,
가슴에서 가슴으로.
우리는 모두 힘센 「投槍」 선수.
거리엔 피, 피, 피
그러나 보이지 않는다.
우리는 모두 뜬 눈의 盲人.

신진 辛進

속을 다 비운 볼펜을 보면
공연히 유언을 남기고 싶다.
새 심을 갈아 넣지 말라,
마지막 글자가 유서가 되도록.

사람도 속을 다 비우면
거기서 만들어진 말들은
유언보다 마음을 채워 준다.

신협慎協

물은 자유다.
술도 되고 피도 되고,
비도 되고 눈물도 되고,

자유는 물이다.
막으면 모이고 모이면 넘치고,
넘치면 터지고 터지면 달리고.

갈증을 위하여, 우리 모두 건배!

심상운 沈相運

그는 강원도 춘천 태생이지만
연작시 「고향산천」의 제1곡은
"백두산이 보고 싶은 날은 술을 마신다."로 시작되는
백두산 노래이다.

내 고향 안양 노래만 한 내가
공연히 부끄러워진다.

심재언 沈載彦

'無職'은
시인의 면류관.

'家出'은
詩의 사주

저 세상에 놔두면 버리겠다고
영혼의 宗家에서 보호 중이다.

심훈沈薰

「그날이 오면」
모두들 살판날 줄 알았는데,
그날이 지나고도 반세기를
더 죽을 뻔하며 살아 왔답니다.

안도섭安道燮

꽃이 지기로서니 사랑도 가랴
사랑만 피어나면 세상은 정원.
꽃이 피기로서니 세상이 꽃밭이랴
그대 떠나고 나면 우주가 폐허.

풀잎이 밟히기로서니 아픔은 순간
한 번 밟혀 평생 앓는 가슴이 罪지.

안도현安度眩

"연탄재 함부로 발로 차지 마라
너는
누구에게 한 번이라도 뜨거운 사람이었느냐."
— 나를 울린 詩다.

보일러 함부로 틀지 마라
너는
언제 한 번이라도 얼어서 자 보았느냐?
— 너를 웃기는 詩다.

안명호 安明鎬

길가에 꽃이 피어야「시골길」이다.
아이가 소를 몰고 가야「시골길」이다.
어쩌다 車가 가야「시골길」이다.
먼지가 일지 않으면「시골길」이 아니다.
산을 끼고 돌아야「시골길」이다.
고개도 넘어가야「시골길」이다.

인생에도 산과 고개가 있다.

안수환 安洙環

아이들은
방마다 불을 켜 놓는다.
아버지는
전기세 줄이려고 끄러 다니신다.

아이들은 '밝음'을 만들고
어른들은 '어둠'을 만든다.

안장현安章鉉

당신의 달은
T · B에 걸렸지만,
우리들의 달은
AIDS에 감염됐답니다.

안진호安辰鎬

그는 바람을 노래했다.
삶도 죽음도 바람이라 했다.
바람처럼 내닫던 차가 그를
바람처럼 저세상으로 데려갔다.
바람이 그를 노래했다.

안혜초 安惠初

그녀는 칵테일의 명수.

쓸쓸함 한 잔에

그리움 한 숟갈 넣고

인생의 잔을 흔들면

외로움 괴로움 사르르 녹는다.

사랑 한 잔 받아 마셨으면.

양명문 楊明文

「명태」 때문에
동해안의 모든 물고기들이
시집 불매운동을 벌인다.

「명태」 때문에
다른 모든 詩들은
그의 시집에서 뛰쳐나가려 한다.

名文은 죄.

양성우 梁性佑

이 땅에 「겨울공화국」은 참 길었네.
언 땅 뚫고 싹 내리면 군화가 뭉개고
가지에 꽃피우면 총칼로 싹둑.
그래도 뿌리! 그건 어쩌지 못했네.
피의 넋들이 부둥켜안고 지켜주었네.
봄을 되찾고 나무마다 꽃 · 꽃 · 꽃
축제 끝에 빚지고 큰 걱정 하나
뿌리째 캐어다가 내 마당의 나무라네.

양왕용 梁往容

바다가
거푸 벗어주는 內衣를
모래들이
자꾸 되돌려 준다.
아이들은
못 가져가게
발로 밟고 놀려댄다.

양윤덕 梁允悳

그녀는 가슴에
말의 알을 부화시키는
둥지를 품고 있다.

그녀는
그 부화된 말 가운데서
가장 참말들만 골라 시를 쓴다.

양주동 梁柱東

옛날 여인들은
'黃金箱' 열쇠는 잃어도 정조는 지켰는데,
요즘 여성들은
아파트 열쇠는 여러 개 지녀도
정조 하나는 금방 잃어버리니
알다가도 모를「영원한 비밀」입니다.

양중해 梁重海

백성들의 눈물은
善政을 비는 祈雨祭.

임금님도 무정하시지
비는 아니 내리시고
벼락은 웬 날벼락.

양채영 梁採英

火田民들이
갈다 갈다 못 일군
山밭에
개망초 꽃 만발하다.

힘든 몸은 챙겨 떠나고
마음은 왜 두고 갔나?

엄한정 嚴漢晶

새들은 왜 지저귈까?
— 이름 불러달라고.
꽃들은 왜 하늘거릴까?
— 이름 잊지 말라고.
별들은 왜 반짝일까?
— 이름 알아맞혀 보라고.

내 이름 잊지 않았느냐는
얼굴 하나 떠오른다.

여영택 呂榮澤

「어릿광대」가 술 취한 척한다.
「어릿광대」가 즐거운 척한다.

안 슬픈 척하는「어릿광대」.
안 아픈 척하는「어릿광대」.

「어릿광대」를 아는「어릿광대」는
안「어릿광대」.

예종숙芮鍾淑

나무처럼 계절을 아는 여인은 없다.
나무처럼 옷을 잘 입는 여인은 없다.
나무처럼 떠나보내는 여인은 없다.
나무처럼 옷을 잘 벗는 여인은 없다.

'裸木'은 마지막 여인이다.

오경남吳景南

그는
'尋人광고'를 냈다.

아무도 오지 않았다.

이름 대신
그냥 '사람'이라고 썼다.

이 세상에
'사람'이 살지 않는다.

오규원吳圭原

우리에게 『분명한 사건』은 순수·참여의 전쟁을 6·25처럼 치렀고, 6·25의 후유증처럼 純·參의 그것도 남아 있다는 사실입니다. 물론 자유입니다. 사물도 사랑도, 무의미도 여자도, 라면도 복권도, 아 밀입국만은 예외지요. 그래도 『희망 만들며 살기』는 고국에 계신 동포여러분들에게 골고루 나눠주시기를.
참, '시인 久甫 氏'의 근황은 어떠신지요?

오남구吳南球

그는

오염된 언어들은

'탈관념기(脫觀念機)'로 잘 세탁해서 쓴다.

오동춘 吳東春

우리 글로 쓰고
우리말로 가르치고
우리 얼로 사랑한다.

사랑은 한 길.

한 길로만 가다보면
세종대왕 한 사람,
한 길로만 더 가보면
하늘의 한 분.

오명규吳命奎

여자가 꽃밭에서 찍은 사진을 내민다.

남자가 한참을 들여다본다.

"참 아름답군요."

여자는 얼굴을 붉힌다.

남자가 "꽃이 말이에요."라고 말하기도 전에

사진 속 여자 얼굴이 금방 꽃이 된다.

오미리五米里

"정오 사이렌에 시계를 맞추며" 우리 만났지.
"기다란 장화로 흙탕물 튀기며" 우리 놀았지.
그때가 좋았지, 잊을 수 없지.
〈시와 시론〉 동인시절 그대는 투사.
지금은 「시민의 잠」 깨우려고 북치며 가지.
머잖아 우리도 깊은 잠에 들으리.

오상순吳相淳

정말 궁금한 게 하나 있습니다.

당신께서는

「첫날밤」을 어떻게 보내셨는지요?

오세영吳世榮

'인생의 비애는 예술의 희열'이라니
生은 방패요 死는 창이리.
부귀도 끝내는 한 줌 흙 아닌가
「모순의 흙」으로 모순의 잔 빚어
취기에 잊는 세상 그 또한 모순.

오순택吳順鐸

그 집엔
피아노가 필요 없다.

그 집엔
그림도 걸 필요가 있다.

그는 바닷가에 산다.

오승강吳承康

옛날에는 나무 하러 산에 갔다.

요즘 아이들은
나무가 되는 놀이를 하러
산에 갔다는 줄로 알지 않을까?

그래, 너희들 나무하러 갈래?

오일도吳一島

"빈 가지에 바구니 걸어 놓고
내 소녀 어디 갔느뇨?"

그걸 여태 모르셨다니요,
벌써
인신매매단에 끌려갔는데요.

오장환 吳章煥

'서울의 병'은 이미
가을보다 깊었습니다.

그러나 의사들은
모두 파업 중입니다.

오재철吳在喆

가장 슬픈 말도 「어머니」
가장 사랑스런 말도 「어머니」
가장 가슴 아픈 말도 「어머니」
가장 행복한 말도 「어머니」
가장 잊을 수 없는 말도 「어머니」
가장 잘 잊히는 말도 「어머니」

어머니, 그 영원한 영혼의 詩여.

오칠선吳七善

이 세상에서 가장 마르지 않는 강은
그대와 나의 가슴을 잇는 마음길입니다.
이 세상에서 가장 맑은 강물은
그대와 나의 아픔을 씻겨준 눈물입니다.

이 세상에서 가장 영원한 샘은
그대와 나의 영혼에 새겨진 詩입니다.

오탁번 吳鐸藩

175cm의 남자와 165cm의 여자가 짝을 지어도
340cm의 사람이 되지는 않는다.
온 몸을 1mm의 틈도 없이 밀착시켜도
340cm의 육신은 둘로 나뉜다.
사람과 사람의 관계는 거리,
삶과 죽음의 관계도 거리.
인생을 1m쯤 뒤로 물리면
아기 첫 똥처럼 향기로우리.

오하룡 吳夏龍

어머님 뱃속이
「모향(母鄕)」이라면,
이 세상 어디건
다 별향(別鄕)살이다.

왕수영 王秀英

마흔셋에 귀에 든 신의 목소리
그 사이 10년이 두 번 지나서
그 분에게밖에는 편지 쓸 곳도
그 분에게밖에는 편지 쓸 일도
그 편지 배달부나 되어 봤으면
눈물로 쓴 편지니 아니 읽어도 알겠지.

원광圓光

인간을 「直譯」하면 동물이다.
달빛을 「直譯」하면 밀회다.
비를 「直譯」하면 기다림이다.
죽음은 운명의 「直譯」이다.

詩를 언어라 함은 重譯이다.
꽃을 여자라 함은 誤譯이다.

그래서 번역은 반역이다.

원영동 元永東

아버지의 아버지는
단층 초가집에 살았다.
아버지는
2층 양옥집에 살았다.
아버지의 자식은
고층 아파트에 살았다.

지금은 모두
지하 무층에 산다.

원용대元容大

가을만큼 외롭다.

달빛만큼 슬프다.

바람만큼 흔들린다.

강물만큼 떠난다.

빗물만큼 운다.

바다만큼 마신다.

노을만큼 취한다.

원희석 元熙錫

아쉽구나, 아깝구나, 아프구나.
처음 만날 때부터 이상타 했지.
'물이 옷 벗는 소리' 들었다 하고
'영혼의 햇과일' 딴다고 했지.
반가워 건네준 술잔들이 물의 옷이었나,
덩큼 집어준 사과조각이 혼의 과일이었나?
아쉽다, 아깝다, 참 아프다.

유경환 劉庚煥

별들도 이름을 붙여줘야 더 반짝인다.
꽃들도 이름을 불러줘야 더 잘 핀다.
"누가 이 들풀 이름 불러주랴"
그는 걱정이 많다.
이름 없는 별들과 이름 없는 꽃들이 모두
경기도 고양시 일산구 마두동 강촌마을 영남아파트
310동 901호 앞에 한 줄로 서 있다.
作名을 받으려고.

유광렬柳光烈

「生火」「生景」이라는 詩를 읽고
좀 生硬하다는 생각이 들었다.
造景은 있는데 造火는 放火일까?
아니다. '生' 자가 신선하다.
生水, 生맥주, 生金, 생니, 생돈, 생나무
아니다. '生' 자는 슬프다.
생이별, 생지옥, 생과부, 생트집, 생죽음.

그래서 술은 시인의 生命水다.

유근조 柳謹助

「엘리베이터의 시」는
반복수사의 一行詩다.
세로쓰기의 생활시집이다.
직장인, 학생, 주부 순으로 읽는다.
최근의 생활시는 쉽지 않다.
최후의 독자인 술꾼이 어렵다고 소리친다.

유근주柳根周

그는 적과 싸웠다. 적?
사실은 전쟁과 싸운 것이다.
정확하게는 전쟁을 쓰려고 글과 싸웠다.

詩는 언어와의 전투다.
그러나 죽이면 안 된다.
말을 기가 막히게 잘 살려내야 한다.

詩에는 승자가 없다.

유수연柳受延

그녀는
죄와 벌의 경계에 있다.
물과 뭍의 경계에 있다.
어둠과 빛의 경계에 있다.
꿈과 현실의 경계에 있다.
이승과 저승의 경계에 있다.
시와 노래의 경계에 산다.

유승우 柳承佑

「그림자」는 만민평등주의자.
水平으로 마음을 편다.
멀리 · 길게는 그리움.

「그림자」는 반체제주의자.
垂直일 땐 응집한다.
높고 · 낮음은 하극상.

달빛이 지친 「그림자」를 깨운다.
세상은 아직 어둠 속에 있다고.

유안진柳岸津

『그리운 말 한 마디』는
물론, 사랑이겠지만,
『우리를 영원케 하는 것』은
혹, 죽음밖에 없지 않을까요?

유영柳玲

그는 자신을
절음발이, 앉은뱅이, 허풍선이, 行不者, 벙어리, 白痴,
허수아비라고 자탄했다.
나쁜 사람은 하나도 없다.
세상의 외로운 사람 다 쓸어안고 살았다.

그가 '나'를 버리려 하자
그들이 모여들어 문을 지킨다.

유자효 柳子孝

몇억 년 전에
어느 별에선가 보낸 신호음을
어렵사리 받아서 풀어 쓰는 사람이 있다.
우리는 그를 시인이라 일컫는다.
가장 잘 받아 쓴 사람이
지상의 별이 되는 것이다.

유정柳呈

시인들이
「램프의 시'를 쓸 때가 좋은 거다.

그들이
'원자로의 시'를 쓸 때는
시가 무슨 소용 있겠는가.

유진오 兪鎭五

헌법만 기초하시다니
詩法도 立案해주시지.

— 대한민국은 시인공화국이다.

그냥 놔둬도 그리 되리라
선견지명이 있으셨군요.

시인, 시인, 시인
오, 넘쳐흐르는 人造시인 恐禍國.

유치환柳致環

시인이 파도에게
— "파도야 어쩌란 말이냐."

파도가 시인에게
— 시인아 낸들 정말 어쩌란 말이냐.

윤강로 尹崗老

모든 역은
이별하기 가장 좋은 자리에 있다.
한번 손 흔들면
한 생애가 가볍게 章을 넘기지만,
마음의 철로를 철거하지 않으면
기차는 쉼 없이 달려간다.

윤강원尹江遠

亡命者들에게의 충고.

봄 숲은 누워만 있으면 됨.
여름 숲은 온몸에 털을 기를 것.
가을 숲은 아무데나 서성거려도 괜찮음.
겨울 숲은 서 있기만 할 것. 움직이면 끝.

윤고방尹古方

그의 시들은
어둠이 이끈다.

거듭 거듭 어둡다.

어두울수록 별이 잘 보인다.
어둠 속에서
그의 시는 가장 빛나는 별이 된다.

윤곤강尹崑崗

언어를 병들게 해놓고서는
詩라 하더라.
사람의 말을 못 쓰게 만든 사람을
시인이라 하더라.
그런 걸 욕을 하고 나서는
평론가라 하더라.

윤동주尹東柱

시가 이렇게 쉽게 쓰이는 것은
부끄러운 일이라 하셨지만,
세계적인 애송시들이 다
'쉬운 시'라는 걸 부정하지는 않으시겠죠?

윤부현尹富鉉

모태의 삶은 제1의 휴식
이승의 삶은 제2의 휴식
저승의 삶은 제3의 휴식

10개월 → 백 년 → 영원……

백 년을 못 채운 59년
나머지 49년은 영원에 算入됐다.

윤삼하 尹三夏

멀리서 볼 때 숲도 숲이다.
옆의 여자는 숲이 아니다.
돈도 숲처럼 쌓여 있어 보아라.
근시가 권력의 숲에 가까이 간다.
갈 곳이라곤 사람의 숲밖에 없다.
숲을 헤치고 마음의 길을 내야 한다.

윤석산尹石山

세상은 〈다층〉이다.
사람도 〈다층〉이다.
세대도, 빈부도, 연애도, 권력도, 이념도
다 〈다층〉이다.
〈다층〉의 맨 꼭대기 끝방에
詩가 혼자 산다.
그 옆방에 죽음이 기거한다.

윤석산 尹錫山

나는 어젯밤에

處容의 아내와 잤다.

시블 밤이 깊어

處容도 남의 아내를 데리고 왔다.

팔도강산 곳곳마다

가르리 여덟이었다.

윤영춘 尹永春

그는 일찍이
바다는 푸른 보자기
섬들을 덮으려다가 하얗게 찢기고,
밤바다는 별을 불러다가
바둑을 둔다고 썼다.

그의 시는 수사학의 교본이다.

윤재걸[尹在杰]

금지곡이 없는 가수는
가수가 아니다.
금지곡이 있는 나라는
나라가 아니다.

자유는 출입금지.
인권은 통행금지.
아예, 탄생금지 · 생존금지!

시인의 가슴은 금지곡 앨범.

5부

윤종혁
|
이활

詩人列傳

윤종혁 尹鍾爀

시인은 감정의 통역관.
말을 말로 바꾸기는 쉬워도
마음을 말로 통역하기는 어려워.

말들 오직 잘 바꾸나
한국 정치인은 특급 통역관.

윤채한 尹菜漢

한반도는 통풍이 잘 된다.
山바람, 江바람도 불어오고
北風 · 稅風에 옷바람도 분다.
폭풍이 세다한들 「民風」만 하랴.
통풍이 기막힌 이 땅에
「民風」은 언제 부랴.

윤후명尹厚明

나는 그의
“홀로 등불을 상처 위에 켜다”라는 시행을 좋아한다.

그러고 보니
그의 시들은 모두 상처투성이다.
또 그러고 보니
모든 시들에 등불이 걸려 있다.

이가림 李嘉林

全羅道 井邑 山成里
그의 외할머니댁 뒤꼍의 골방문을 열어 보라.
열어보기 전에 놀라지 않도록.
거기엔 '젊은 늑대의 발톱, 빛나는 이빨'이 쌓여 있다.
그것들을 뽑아낸 '엉큼한 손'들도 그 옆에 있다.
당신의 손목도 거기 있다면, 그때 놀라거라.

이건선李建善

채석장에서 굉음이 터질 때마다
온 산이 이를 악물고 치를 떤다.
石工들은 山의 살은 빼놓고 뼈만 추린다.
굉음이 집안에서 들릴 때도 있다.
이웃들 밤잠 설치는 고성다툼.
욕설의 뼈 부서지는 家具들.

石工은 힘든 작업이다.

이건청李健清

우리 눈 먼 척하고 있자.
나뭇잎이 떨어져도 못 본 척
투표용지가 사라져도 못 본 척
돈이 어디로 흘러가는지도 못 본 척
장님이 더 먼 곳을 본다.
척, 척, 척 맞춘다.
너도 죽고, 나도 죽고, 우리 다 망한다.

이경남李敬南

6·25때 인민군 군관으로 출전했다가
부대원을 이끌고 귀순했다는 약력
그것은 생사의 드라마다.
요즘 젊은 것들은 '출전'의 의미를 모른다.
6·25가 무슨 게임인 줄 안다.
그것도 '서바이벌 게임'이었나?

이경순李敬純

눈은 하늘에서 내려온다.

눈 · 눈 · 눈 · 눈 · 눈 · 눈 · 눈
눈 · 눈 · 눈 · 눈 · 눈 · 눈 · 눈
가슴속의추억을하얗게지우며
눈 · 눈 · 눈 · 눈 · 눈 · 눈 · 눈
눈 · 눈 · 눈 · 눈 · 눈 · 눈 · 눈

눈은 세월을 거꾸로 산다.

이경희李璟姬

사람들은 왜 나무가 벌거벗으면 순수 · 인고라 하고
사람이 벌거벗으면 요염 · 외설이라 할까?
더 벗을 것이 없어
몸의몸의몸의몸의몸을 쪼개어 벗는
「분수」를 보고 다시 생각해보라.
그녀는 왜 '첼리스트'라 했나.

이관묵 李寬默

그는 失鄕民처럼
유년기의 노래를 잘 부른다.
이제는 e-메일이 없으면 失鄕民이다.

컴퓨터가
북녘땅보다 멀다.

이광석李光碩

그는
「겨울나무」를 키운다.
낙엽을 위하여.

그는
「下山연습」을 한다.
마지막을 위하여.

삶에도 겨울 · 下山의 때가 있다.

이광수 李光洙

이 땅의 모든 대지는
부동산이 되었지만,
당신의 「흙」은 값이 오르지 않으니
너무 「無情」하다고 슬퍼하지 마시압.

이광훈 李廣薰

생활의 SOS는
빈번히 수취거절이고,
詩의 SOS는
빈번히 수취인불명이다.

수신자 나와라
오버!

이규호 李閨豪

S# 1. 여름 바닷가

全裸의 남녀가 한 몸이 되어 있다.

파도가 그들을 덮어준다.

S# 2. 겨울 바닷가

그 모래밭에 아무도 없다.

'한여름의 ALIBI'

물새는 증인이 될 수 없다.

이근배 李根培

남쪽에서 '노래여' 하니
북쪽에서 '반갑습니다' 한다.
북쪽에서 '노래여' 하니
남쪽에서 '그리운 금강산' 한다.
다 같이 「노래여 노래여」 하니
"우리의 소원은 통일".

이기반 李基班

봄은 노란 幻生.

여름은 푸른 幻視.

가을은 갈색의 幻影.

겨울은 하얀 幻覺.

자연은 幻想 교실

선생님은 계절마다

幻夢에 시달리신다.

이기애 이계애李季愛

남자는 관악기
막히면 못 쓰고,
여자는 현악기
끊어지면 망친다.

이기진 李氣鎭

그는 경찰에 자원,
33년을 근속했다.
그동안 얼마나 많은
못된 인간들을 체포했을까.

언어를 잘 내사해야
詩를 체포할 수 있다.

저기 못된 언어들이 도망친다.

이기철 李起哲

봄은
수신처 불명의 엽서.
가을이
모두 낙엽으로 반송한다.

詩의 집배원인 그도
할 일이 없다.

이덕규李德圭

세상은
아주 잘 차려진 「밥상」인데,
시인들은
언어의 미식가, 별미주의자여서
편식을 잘 한다.

편식이 심할수록 뛰어난 시인이 된다.

이덕원 李德遠

나침반은
남과 북을 가려주기 위해 있지만,
그의 나침반은 죽음을 가리킨다.

그의 나침반이
삶을 가리킨 적은 없다.

이동순李東洵

'魔王'의 나라에 가 보았다.
'魔王'은 깊은 잠에 빠져 있었다.
『魔王의 잠』이 깨려면
無量한 인간의 피가 필요하단다.
전쟁은 그의 마술이란다.
폭군들은 그의 수제자라 한다.

한국에서도 몇 차례
특사를 파견했었다 한다.

이동주李東柱

인생은 사랑의 '강강술래'.
사랑은 고뇌의 '강강술래'.
고뇌는 영혼의 '강강술래'.

시인은 영원한 영혼의 술래.

이명희 李明姬

세상 떠난 사람
山에 묻고「下山」한다.

세상을 떠났으면
하늘로 가야지.
우리도 따라갔다가
下天이나 할 수 있게.

이병기李秉岐

삶이 이럴진대 죽음은 또 어떤 건가
미사일 핵탄두는 사람의 手作이려니
풀 한 포기 시듦은 그 목숨 뉘 거두길래.

이병기 李炳基

노을이 단풍을 보고
이제 그만 마시자고 하자
단풍이 노을을 보고 말했다.
너는 매일 저녁 마실 수 있지만
우린 시간이 얼마 남지 않았어.

이병훈 李炳勳

논밭에 뿌릴 농약을
왜 제 입에다 붓나?

하기야 民草사
잡초보다 억세지!

이복숙李福淑

「문을 열어요」 하니
여관 문이 열리고
교도소 문이 열리고

주점 문은 항상 열려 있다.
은행 문은 열리지 않는다.

하늘엔
문이 없어 열 수도 없다.

이봉래李奉來

삶의 촬영장에서
각자 맡은 역을 다 찍으면
모두 편집실로 모인다.
암실이라서 엑스트라가 가장 편하다.

죽음의 시사회는 1회뿐이다.

이상李箱

이게 詩야?

숫자를 뒤집어 놓고 어떻게 읽으란 말야.

“거울에 비춰 보면 되잖아!”

이상개李祥介

오늘도 틀림없이 출근했다고 날인한다.
나, 이렇게 성실하게 산다고 확인한다.
그래, 너 딴생각 말라고 네모 안에 쑤셔 넣는다.

무엇이 그리워 이름을 그리 부벼대나.
무엇이 억울해, 너 죽어라 눌러대나.

한 줄로 선 내가 대답을 기다리고 있다.

이상국 李相國

'우유 먹는 아이'가 말을 배우자
분유통을 엄마라 부른다.
우유 먹는 아이가 밖에 나오자
소처럼 받으려고만 한다.
우유 먹는 아이가 入社를 하자
이리 몰리고 저리 몰린다.
우유 먹는 아이가 결혼을 했다.
아주 예쁜 송아지를 낳지 않을까?

이상로李相魯

세상 사람들 모두 그를 잊어도
나는 그럴 수가 없네.
고교시절, 동아일보 학생문예에
나의 詩를 최초로 지면에 올려주신 분.
그리고 엽서로 일러주신 분,
詩는 끝내 '자기만의 말'이 중요하다고.

지금도 자꾸 귀띔하시지만
너무 먼 곳이라서 다 깨우치지 못하네.

이상범李相範

나의 서재에서 가장 작은 시집은
『하늘 아래 작은 집』.
집은 작지만 방들은 많다.
아무 때나 찾아가도 편히 쉴 수 있다.
발자국 소리만 들려도
70편의 詩들이 차례로 마중한다.
언제나 귀에 익은 인사는
"가을 손 조용히 여미면 떠날 날도 보입니다."

이상정 李相停

그와
알몸으로
한께 잔 여자는
반드시 시를 낳아야 한다.

그래야 '사건'이 된다.

이상호 李相昊

가르고 째고 쑤시고 쪼개고
난도질이다.
허물고 파헤치고 부수고 으깨고
공사판이다.
詩의 해부실은 만원이다.
붕대 감은 목발의 詩가 도망친다.
누구인지 알아볼 수가 없다.

이상화李相和

'봄'을 빼앗겼는데
'들'이 무슨 소용 있나요.

이상희 李祥僖

나는 라이너 마리아 릴케가
누구와 간통을 했는지 안다.
「바느질」 품삯으로 남자를 산 여자.
나는 드라큘라에게 밤마다 몰래
피를 빨리는 여자도 안다.
「봉함엽서」 사려고 피를 파는 여자.

「봄 밤」이면 찾아와
「열어주세요, 묻어주세요」 속삭인다.

이생진李生珍

한 사람이 눈 감으면
온 바다가 잠든다.
한 사람이 소리치면
온 바다가 일어선다.
한 사람이 뭍으로 가면
온 바다가 따라 나선다.

언젠가 우리 모두 수장될 거다.

이석李石

사람이 사람 탈을 쓰면 뭣 하나.

늑대니까 사람 탈,
여우니까 사람 탈.

사람이라면 짐승 탈을 써야지.

탈이 바뀌면 큰 탈이 난다.

이석인李錫寅

「나무 생각」만 하다 보면
세월이 낱장처럼 가볍다.
사람 생각만 하는 나무가
낙엽을 잘 떨군다.

사람은 떠나도 나무는 남는다.
낙엽만 떠난 사람을 따라서 간다.
남아 있는 나무가 떠난 사람 생각을 한다.

이선관李善寬

옳소!

아니오!

옳소가 아니오!

아니오가 옳소!

옳소가 아니오가 옳소!

아니오가 옳소가 아니오!

— 그럼 뭐요?

— ?

이설주 李雪舟

그의 「묘비명」을 아시나요?

세상얘긴 하나도 없지요.

아침, 저녁으론 찬 이슬, 할미꽃

비 오는 날, 달밤엔 부엉이와 두견.

아무도 그 곁에 얼씬을 마오.

당신도 함께 누우면 곧 알거요.

이성교 李姓敎

驛舍에는 낙서가 많다.
떠나는 이가 말을 남기면
보내는 이는 가슴에 새긴다.
누구라 헤아리랴, 그 상형문자들
세월이 解讀해가면 詩가 된다.

이성복 李晟馥

그는 일단
죽어야 될 것 같다.

그의 시는 아무래도
산 사람의 말만으로는
완성될 수 없을 것 같기에.

이성부 李盛夫

「우리들의 糧食」을 읽으면 나는 흥분된다.
하늘의 뜻은 왜 땅에서 이뤄지지 않는지,
우리들의 일용할 양식은 어느 놈들이 다 쳐먹었는지,
어째서 큰 죄 지은 자 더 크게 되고
우리들만 늘 시험에 드는 것인지.
李兄, 이건 당신께 성내는 게 아니라오.

이성선李聖善

우리들은 풀, 별, 나무라 부르는데
풀, 별, 나무는 우릴 뭐라고 부를까?
'사람'이라 하지 않을 것만은 나도 안다.
이름은 살아 있을 동안의 생명의 집.
그들은 이름을 붙이지 않을 것이다.
그들은 세상을 삶과 죽음으로 나누지 않으니까.

이성환李星煥

살아 있는 사람의 全集도 나오는데
31세에 유고시집이라니!

나는 절대로 죽을 수 없다.
미발표 원고가 너무 많다.
산 사람 고생시키지 않겠다.

이세룡 李世龍

나무도 자서전을 쓴다.

아무에게도 보여주지 않는다.

나이테로 비밀을 감싼다.

全生의 밑동이 잘리고 죽어서야 공개된다.

아직까지도 다 해석되지 않고 있다.

이소림李巢林

승려시인인데
시를 보아서는 모르겠다.

단풍을 '가을의 혈서'라 한 구절이 참 좋다.
내가 더 좋아하는 구절이 있다.

"허물어진 돌 위에 앉아
나는 한 잔 술 기울여보네."

이수복 李壽福

나이 든 園丁 하나 정원을 가꾼다.
모란, 산국화, 사철나무, 석류, 동백
좋아하는 꽃나무만 키운다.
詩로 쓴 꽃나무는 모종을 한다.
어디다 옮겨 심는지 아무도 모른다.
모종을 다 하자 園丁은 보이지 않았다.
어디에 새 정원을 만들었을까?
눈발 속에 어쩌다 꽃 이파리도 섞여있다.

이수익李秀翼

우체통에는 잃어버린 사랑들이 쌓여 있다.
발신자는 모두 추억이고
수신자 주소는 不在中이다.
그중에 가장 무거운 소포 한 덩이
死別의 꼬리표가 매달려 있다.
우체국 분실물 보관창고엔 「우울한 상송」만 흐른다.

이수화李秀和

처녀막을 찢기고서야
바다는 해를 낳는다.
저녁 붉은 노을은
산후의 출혈인가.
아침마다 출산하느라
바다는 상채기 투성이다.

이숙희 李淑姬

밤새워 술을 마신다.

빈 병들을 나란히 눕힌다.

그 옆에 그녀도 눕는다.

하느님도 슬그머니 그 옆에 누우신다.

지상에서 가장 행복한 잠이다.

이승훈李昇薰

가족들은 이제 배역 A다.

이웃은 행인 A, 사랑은 감각 A

돈은 맹인 A, 지식은 암호 A

비는 공해 A, 별은 돌멩이 A

한국은 나라 A, 우주는 「사물 A」다.

詩는 말의 —A가 되었다.

이시영李時英

「만월」을 보고 개 대신
컹컹 짖어대던 '맨대가리의 장정들'
다 어디로 갔나, 어디로 가.
이름이나 있어야 목 놓아 부르지
똑같은 무명이니 일시에 대답할까
오, 슬픔의 어머니인 자유야!

•

이시우 李時雨

서정시는 '제1인칭'
연애시는 '제2인칭'
민중시는 '제3인칭'

'나'와 '네'가 살려면
'그'를 죽여야 하다.

인생시는 무인칭.

이열李烈

「고요하다」라는 詩로
신춘문예에 당선했다.
유고詩 한 편 병상에 남기고
세상을 떠났다.
"당신이 주신 이 세상은 참으로 아름다웠습니다."
라는 마지막 구절.
그 마음이 더 아름답다.

이영결 李永傑

고향이라고 하면
낯선 지명일수록 더 고향 같다.
'내 고향은 서울'은 영 안 어울린다.

서울 태생은 다 실향민이다.

만주 신경(新京)이 고향이라니
꼭 귀화인 같다.

이영순 李永純

나무에게도 인연이 있다.
「接木」을 해보면 안다.
임금에게도 인연이 있다.
接見을 해보면 안다.
귀신에게도 인연이 있다.
接神을 해보면 안다.

결혼은 운명의 接木,
사람에게도 인연이 있다.

이영춘 李榮春

한 남자가
한 여인을 위해
지구를 떠받치고 있다.

여인이 세상을 떠나면
남자는 팔을 거둘 것이다.

그 여인이 상처받지 않도록
모든 남자들 조심할 것.

이옥희 李玉熙

미 여군학교 출신
예편 육군 중령

'近日'의 한국시는 해체되었다.

총 집합!
차렷!
중령님께 경렛!

이우재 李又載

구름이 잊어버려라, 한다.
파도가 잊어버려라, 한다.
낙엽이 잊지 말자고 한다.
비가 잊을 수 없다고 한다.

바람이 그 말을 전한다.

잊혀진 여인이 잊혀진 남자를 찾아
잊혀진 세월로 떠난다.

이운룡 李雲龍

가을엔
말을 잃는다.

『가을의 어휘』는
'?'와 '!'뿐

나무도 「失語症」을 앓고
말없음표 같이 낙엽을 떨군다.

이원섭 李元燮

밤마다 어둔 주점에
「항케치」만 깨끗한 시인들이 모였다.
얼굴만 손수건으로 가리면 세상은 곧 入棺.
유서 같은 詩를 쓰고 눈물이 나도
「항케치」를 버릴까봐 닦지 않았다.

이유경李裕暻

다 계절 탓이다.
싹이 돋고 꽃이 피고 눈이 오는 것,
나무가 옷을 벗고 여자가 옷을 벗는 것도 계절 탓이다.
파업도 부도도, 쇠파이프도 최루탄도
재판도 러브호텔도, 정권도 참사도 다 계절 탓이다.
역사는 참 쉽다, 계절 탓이다.
통일도?

이유식李裕植

흑인학교의 음악시간.
피아노가 필요 없다.

하얀 건반이
보였다 안 보였다 한다.

이육사 李陸史

'千古'의 세월이 안 되어서 그런지
'白馬' 타고 온 '超人'은 없었고
탱크 몰고 온 군인은 있었답니다.

이은상李殷相

가려 해도 못 가는 땅
눈 감으니 잘도 가네.
감아야 갈 수 있다면
죽어 아주 묻혀지이다.

이인석李仁石

하늘 아래
제일 가까운 동네에
종이집 하나 짓고
"하늘은 금 가지 않았다"고
좋아하고 있었다.

이인수 李仁秀

빈 장터 맨바닥에
술상 받자 비 오네.
취한 후에 외상술
주모는 기가 막혀.
그대로 붙잡아 앉히고
오매 가매 같이 취해
빗물이 무슨 죈가
눈물 탄 술만 죄지.

이일기 李一基

동인지 〈詩人會議〉 제1집을 1973년 12월 25일에 발행하셨다지요? 정기간행물법위반 약식재판에서 벌금형을 받으셨다고요? 불복 정식재판을 청구, 한국 문학사상 최초의 사건이었다지요?

'詩人'들이 모여서 '會議'를 한다니, 반국가음모회의인 줄 알았나보죠?

이일향李一香

한평생을 시조로
곱게 여민 세월들.

꽃향기 그윽한 내음
님에게서 더 짙네.

꿈결로 물살 짓는
일곱 빛 『목숨의 무늬』.

이장희 李章熙

어느 봄날, 한 시인이
고양이에게 물려 죽었답니다.

그는 들에 묻혀
'野翁'이 되었습니다.

이장희 李璋熙

아이가 도화지에 가을풍경을 그린다.
어머니가 옆에서
나무, 구름, 산, 낙엽을 그려 넣으라고 한다.

옛날을 어떻게 그려.
그건 엄마 가을이야!

아이는 도화지 속으로 숨어버린다.
가을에는 미아가 많다.

이재녕李在寧

10월 3일이 '그날'인 나라.
3·1절, 8·15가 '그날'인 사람,
6·25가 바로 '그날'인 사람,
4·19, 5·16이 '그날'인 사람,
12·12가, 12·18이 '그날'인 사람
365일이 그렇고 그런 사람.
아직은 오지 않은 통일의 '그날.'

이재철李在撤

집안 여기저기 시계 천지다.
시계가 많으니 시간이 남아돈다.
제때 밥을 못 줘 다 고장 났다.
시계가 고장 나니 시간이 병든다.
아내는 자정 넘어, 남편은 새벽에야 귀가한다.
다 고장 난 시계들 때문이다.

이재행李在行

한낮에도 어둡던 70년대 끝 무렵
어쩌다 安養에 왔는진 몰라도
"어떻게 지내느냐?" 물었더니
"산짐승처럼 살지요." 했다.
지금은 정말 어떻게 사는지,
어쩌다 그의 詩를 대하게 되면
산짐승 울음소리가 들려온다.

이정기李廷基

하루에도 몇 통씩 연서를 쓴다.
누구에게 보낼까?
아무에게도 가르쳐 주지 않았다.

문의하고 싶으면
예수에게 전화해 볼 것.
번호는 교회에 있음.

이정숙 李正淑

달의 이력서는 한 달이나 걸린다.
다 썼나 싶으면, 무엇이 잘못 됐는지
다 지우고 다시 쓴다.

하기야, 밤의 役事들이니
다 밝혀 적을 수 없겠지.

이제하 李祭夏

이상은 '제비' 다방을 차렸고
그는 '까치' 다방을 차렸다.
둘 다 날개가 성치 않았다.
제비집에 까마귀가 날아들자 '오감도'가 되었는데
까치집에 제비가 찾아오면 흥부네 집이 될까?

이종학 李鐘學

절벽 끝에 한 사내가 서 있다.

뛸까 말까 뛸까
뛸까 말까
뛸까

절벽 밑에 한 여자가 누워 있다.
그 여자도 그랬었다.

뛸까 말까 뛸까
뛸까 말까
뛸까

이준기李俊基

다 가져가라고
손을 벌리고 서 있다.

이젠 줄 것이 내 몸뿐이라고
나목이 벌거벗고 서 있다.

이준모 李俊模

그의 시를 읽으면
향수(鄕愁)에 휘감긴다.

아, 그런데 우리는 시인
시의 고향은 정말 어딜까?

이준범李俊凡

고층 아파트는 한꺼번에 무너져도
판잣집들은 잘 버틴다.
쓰러지지 말라고 서로 받쳐준다.
주인들의 눈물 한 방울이면 픽 쓰러질 걸
시청 건축과 철거반이 다녀갈 때마다
더 엉겨 붙는다.

이준영李濬英

당신의 「下山」을 읽으며
'下'자에 생각을 내렸습니다.
그 중에서 예쁜 '下'자 몇 개만 고르면
'下界', '下野', '下棺', '下命', '下宿', '下人' 정도입니다.
가장 귀여운 말은 下剋上이었습니다.
산 사람이 山에 묻힌 사람에게 하는 말은
다 下剋上입니다.

이지영李知映

그녀의 시에는
마침표가 없다.

사랑도 인생도
영원하다는 것,
시는 끝내
끝낼 수 없다는 것이다.

이창대 李昌大

山에 가면 山이 되어
안 보이던 사람.
江에 들면 江이 되어
안 보이던 사람.
하늘에 오르니 하늘이 되어
영 안 내려오네.

이창환李昌煥

서녘하늘은 '객혈'을 하고
사루비아는 '오십년' 타다 남은 불씨,
모두 핏빛이다.

그보다 더 진한 피가 있다.
선열들의 애국혼!

이철균李撤均

"종다리는 莊子의 말씀"이라시니
바람소리는 노자, 천둥소리는 손자,
아기울음소리는 맹자, 헛기침 소리는
공자의 말씀이 아닐런지요.
아참, 술따르는 소리는 물론 이백의 말씀이겠죠?

이추림李秋林

長詩만 쓰고서 세상은 짧게 줄이다니.
남긴 긴 詩 다 읽으려면
너희들 오래 살게 될 걸.
땅 위에서는 태양을 화장시킬 수 없어
이카로스의 실패를 극복했다.
근래의 이상기온은 다 그의 탓이다.

이충이 李忠二

멀리 떠나 보아라.
집에서 멀어지면 말이 생긴다.
조금 멀어지면 '외'
조금 더 멀어지면 '외로'
아주 멀어지면 '외로움.'
서러움, 그리움, 괴로움, 아름다움
다 그렇게 만들어진 말.
그러나 멀리의 끝까진 가지 말아라.
말을 잃고 돌아올 길 어찌 찾겠나.

이탄李炭

초등학교 1학년 국어책 속에
영이, 순이, 철수랑
이리와 나하고 놀던 바둑이.
6 · 25때 집을 나가 여직 안 돌아왔다.
마음속의 바둑이집은 여러 번 고쳐
이제는 다 낡아 터만 남았다.

이태수 李太洙

눈 위로 눈이 내린다.

얼마나 아프냐 묻지 않는다.

비 옆으로 비가 온다.

어디서 오느냐 묻지 않는다.

바람 뒤에서 바람이 분다.

어디로 가느냐 묻지 않는다.

이하석李河石

사람이 급히 달려온다, 「3분간」.
車는 질세라 더 급히 달려온다, 「3분간」.
「3분간」과 「3분간」이 마주친다.
사람이 길가에 눕는다, 「3분간」.
구급차보다 사이렌이 먼저 온다, 「3분간」.

사람은 못 믿어 하느님이 데려간다, 「3분간」.

이하윤 李河潤

붓대 꺾고 호미 잡느니
마음을 파고
말·씨를 심었다.

책장 덮고 밭에 나가느니
마음을 갈고
글·씨를 뿌렸다.

이한직李漢稷

눈 오는 밤이면
모두 3인칭이 된다.
3인칭으로 떠나고, 3인칭으로 돌아온다.

비 오는 밤이면
모두 1인칭이 된다.
1인칭으로 저주하고, 1인칭으로 후회한다.

이한호 이종찬李鍾瓚

「돌의 울음」이 山을 흔든다.
흔들린 山이 바위를 깨뜨리고.
깨진 바위가 자갈로 구르고.
울면서 구르다 모래가 되고.
마지막 울음 끝에 티끌이 된다.
사람들은 볼 수 없게
티끌이 다시 山이 되고,
그 山이 다시 「돌의 울음」을 운다.

이해인 李海仁

어느 분에겐가 인간은 아기이다.
어느 분에겐가 삶은 告解이다.
어느 분에겐가 詩는 소망이다.

그에게 어느 분인가는 인간이다.
그에게 어느 분인가는 삶이다.
그에게 어느 분인가는 詩이다.

이향아李鄕我

테이블에 편지가 놓여있다.
누가 보낸 걸까, 누구에게 보내려는 걸까?
식탁에 찻잔이 놓여 있다.
누가 온다는 걸까, 누가 다녀간 걸까?
방에 불이 꺼졌다.
자려는 걸까, 외출하려는 걸까?

이형기 李炯基

열려라 참깨! 술병이 열렸다.
열려라 참깨! 여자가 열렸다.
열려라 참깨! 지갑이 열렸다.
열려라 참깨! 총구도 열렸다.
열려라 참깨! 하늘도 열렸다.

열려라 참깨! 詩는 문을 닫았다.

이호광李鎬光

옳다면 언제나 고우!
그른 일엔 일단 스톱!

밤·글, 낮·잠 거꾸로 산다.

남자에겐 언제나 고우!
여자에겐 잠깐 스톱!

이활李活

詩는 1차성 감정이 아니다.
詩는 2차성 이성도 아니다.
詩는 3차성 의식도 아니다.
詩는 4차성 영혼이다.
아니다. 쉽게 말하자.
詩는 '언어조립(Fabrication)'이다.

6부

이효녕
|
주정애

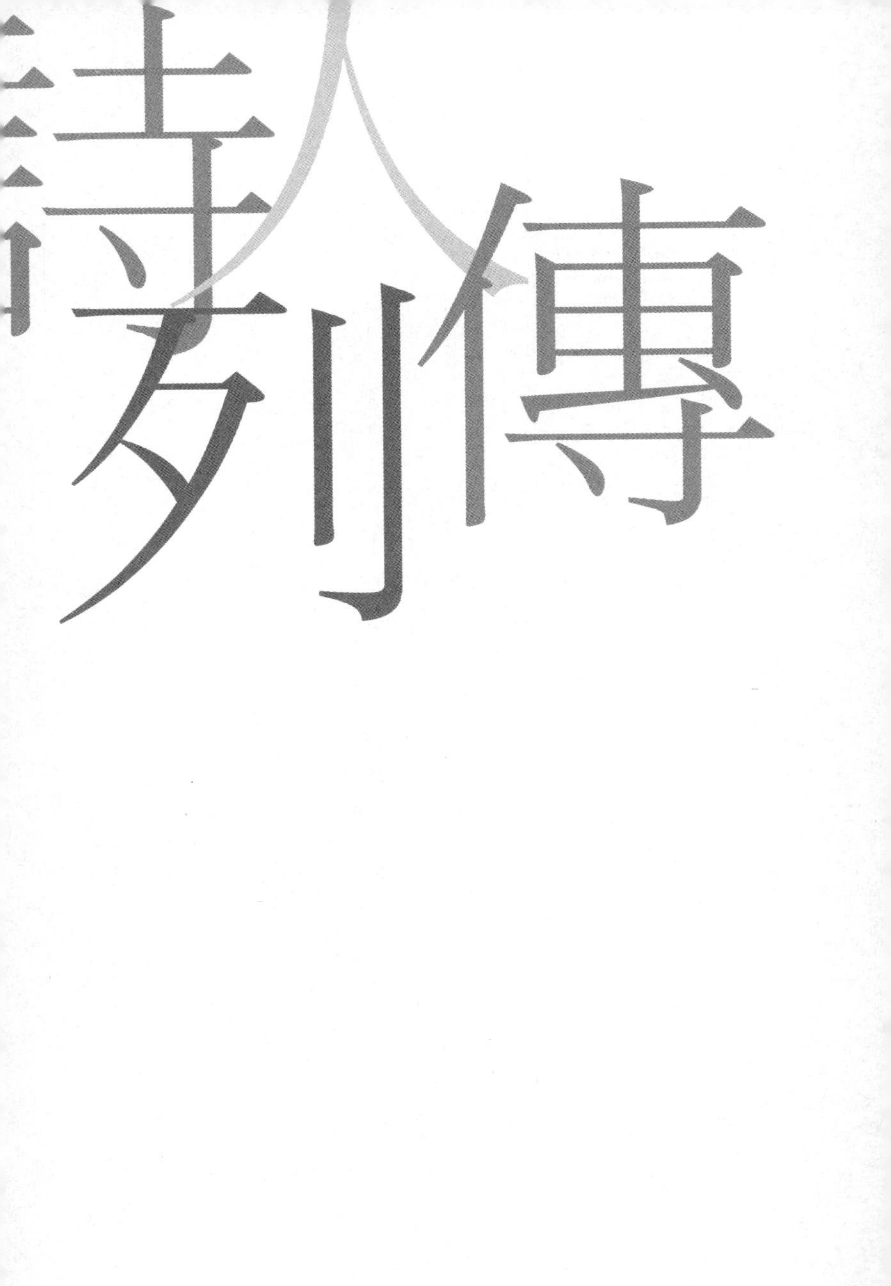
詩人列傳

이효녕李孝寧

나그네의 영혼 같은 반쪽 「낮달」이나
빨간 금붕어 같은 저녁노을에 비낀
아내의 얼굴이 패션같구나.

「달팽이」를 볼 때마다 무주택의 비애가 솟아
구멍 뚫린 기차표의 종착역에 먼저 도착한다.

이효상李孝祥

그의 시집 제목들은
「山」「바다」「人生」「사랑」「안경」
참 간명하다.
세상＝天地, 인간＝男女, 인생＝生死
한국은 南과 北.

이흥우 李興雨

그의 詩에는
'존재 X' 연작이 많다.
피카소 추상화 같다.

삶은 무효라는 걸까,
신비하게 살라는 걸까,
아니면 다 죽이겠다는 걸까?

이희승 李熙昇

노인 홀로 산길을 간다.
지팡이 짚고 산길을 간다.
어디에 묻힐까, 자리 찾는 양
여기저기 찔러보며 산길을 간다.
석양에 그림자가 먼저 눕는다.

인소리印少里

그의 시를 읽으면
나도 금방 실향민이 된다.

그의 시를 읽으면
당신도 금방 망향의 장승이 된다.

그의 시를 읽으면
우리는 금방 통일의 종이 된다.

인태성印泰星

詩法을 깨우치려면
풀잎 위의 한 방울
이슬의 무게를 헤아려야 한다.
사람 눈의 이슬을 알기 전에,
빗방울에 후회를 적시기 전에,
파도에 인생을 떠맡기기 전에.

임강빈 任剛彬

손에 한 움큼 들었으면
손을 못 쥔다.
「빈손」이라야 다른 손을 잡는다.
마음 속도 훤히 비워둬야지
그래야 사람들 오고가다가
때로는 석 달 열흘 머물기도 하지.

임병호林炳鎬

형님, 저 임병호예요.
술 좀 취했어요.
보고 싶어서 전화했어요.
가을이잖아요. 형님!

임보 林步

본명은 姜洪基.
그의 필명을 대할 때마다
'랭보'가 떠올랐다.
고백하건데, 나는 학창시절에
'羅暗甫'라 自號하고 으스댔었다.

'바이앙(Voyant, 見者)'의 시인이여
우리 둘 좀 잘 보살펴주시기를.

임성숙林星淑

「여자」는 참 이상하다.
소녀일 땐 머리카락만 보이다가
처녀일 땐 다리가,
새댁일 땐 가슴이,
아줌마가 되면 엉덩이,
어머니가 되면 손만 보이다가
할머니가 되면 이가 안 보인다.

임신행任信行

템즈강은 안개 냄새
메콩강은 콜라 냄새
나일강은 모래 냄새
황하는 흙 냄새
갠지스강은 몸 냄새
아마존강은 악어 냄새
미시시피강은 흑인 냄새
한강은 똥 냄새

임영조 任永祚

나무를 사랑하면 木手가 된다.

살아서는 그늘 지어 쉬게 했으니
잘 죽어서 사람의 집이 되라고.

그래서 木手가
가장 사랑한 나무는
棺이 된다.

임일진 林一鎭

우주공간에 수없이 쏘아 올린
인공위성들.
갈 길 잃은 몇 개쯤은
나그네로 떠돌고 있지 않을까?
시인같이 외로움의 일생을 방황하지 않을까?

멈추지 말거라, 우주의 방랑자
나그네 위성이여!

임진수林眞樹

그는 문단에서 떨어져 살았다.
어린이놀이터만 출입했다.
그래서 말이 재밌다.
예컨대 "나는 눈이 커서/ 봄이/ 뿌옇다"던가
"아이들은/ 뚝딱/ 와라와라"
그는 詩를 팽이처럼 잘 돌린다.

임헌도 林憲道

시마다 바람, 꽃, 산, 구름, 강에
시구마다 별, 달, 밤하늘에 저녁노을이다.
사람 얘기는 찾아보기 어렵다.

이 사람아, 그게 다
인생의 비유가 아니었던가.

임화林和

플라톤이 추방한 시인을
김일성이 총살을 했다.

가슴만 시인인 사람은
머리가 돌고,
머리만 시인인 사람은
가슴에 총을 맞는다.

장만영張萬榮

당신께선 아가를 위해
'계집을, 동무를, 시를' 내던지셨지만,
요즘 사람들은 돈이라면
아가쯤은 쉽게 버리고 산답니다.

장서언張瑞彦

그는 「나무」를
“사람을 만들다가 失手로”
만들어진 것이라 했지만
내 생각은 그 반대다.
「나무」를 만들려다
실수로 빚어진 것이 사람이다.

장석주張錫周

스스로가 '아웃사이더'였기에
C. 윌슨은 『아웃사이더』를 썼고
자신이 '아웃사이더'였기에
장석주는 고2를 중퇴하고
『아웃사이더』를 만났다.

장석향張夕鄕

도심에 날아든 뻐꾸기
'빌딩숲'이라 할까?

궤짝에 실려 가는 생선들
'자동차물결'이라 할까?

밀입국한 동남아 외국인들
'동방의 등불'이라 할까?

장수철張壽哲

납기가 지난 고지서 같은 어제와

기록할 것이 없는 가계부 같은 내일이

끊어진 철교 같은 오늘을 건너고 있다.

장순금張舜琴

요즘 시인들은 마취도 시키지 않고
詩를 「수술」하려 든다.
손으로 쓴 말들은
비명을 지르고,
컴퓨터로 뽑은 말들은
히죽히죽 한다.

장열張烈

그의 「꽃」 연작을 133편 읽었다.
하나도 꺾지 않았다.
밖에 나가도 온 몸이 향기로웠다.
남자가 그리 짙은 향수냐고
사람들이 놀려댔다.

장영창張泳暢

태양빛을 거울에 받아
하늘로 되비췄더니,
낮달이 눈이 부셔
고개를 돌린다.

장윤우 張潤宇

그는 詩를 그린다.
그의 시집은 말의 캔버스.
그는 언어마다 채색을 한다.
— 사랑이란 말은 아주 빨갛게.
— 술이라는 말은 조금 더 빨갛게

그는 안 팔려고 숨겨 놓은
한 폭의 詩畵다.

장정심 張貞心

그녀가
"이 잔을 받으셔요." 한다고
입맛 먼저 다시지 말 것.

그것은
우리들이 아니라
하늘의 한 분을 위한 祈求의 잔이니.

장호 章湖

시인은 「겨울 산」을 좋아한다.
하얀 원고지 같은 눈.
첫 행이 빼어나야 詩가 잘 풀리듯
첫발부터 조심스럽다.
등산화가 남긴 자국 물음표 같이
산 자들의 안부를 묻고 있다.

장호강張虎崗

시인 중에 광복군, 6·25 참전
그래서 첫 시집도 『銃劍賦』인가.
그뿐이랴 『쌍룡고지』 『항전의 조국』,
『화랑연가』 『전진시선』.
어떤 적이라도 물리칠 수 있지만
詩와의 전투에 아직 승리자는 없도다.

전규태全圭泰

붉은 와인 한 잔에
노을 두어 모금
하얀 와인 한 잔엔
구름 두어 덩이.

나그네 외로움에
그대의 향기.

전기수 全基洙

평생 일군 흙, 이불로 덮으시고
우리 아버지들
흙 속에 잠드셨다.
도시 사는 자식 서넛 찾아와
두어 번 절하고
서둘러 車 몰아 사라져 간다.

전봉건 全鳳健

6·25 전쟁 통에 北에서 튕겨 날아온
커다란 돌멩이 하나
흔치 않은 壽石인 줄 알아차리고
하느님이 몰래 훔쳐갔다네.

전봉래全鳳來

그는 수면제 '페노발비탈'을 먹었다.
30초, 2분, 3분…10분
육상선수처럼 죽음의 테이프를 끊었다.
"바하의 음악이 흐르고 있소."
이게 그의 마지막 詩行이었다.
「유서」를 詩로 남긴 유일한 시인.
그것은 1951년 2월 16일.

전상열 全尙烈

'사랑'이라는 말
평생 않고서
內在로 조율하니,
제가 알아 노래 내고
詩를 만드네.

전영경 全榮慶

소소한 무리들 소설 쓰고,
시시한 것들은 詩에 시시비비,
수필은 수수한 사람이 쓰는 것,
희곡입네 희희덕, 시나리오 들고 씨근덕,
큰소리나 펑펑대는 평론가.
비꼬기에 비아냥의 비평가들아
아, 아동문학은 아무나 하나.
다 싫다. 다 싫다, 글러먹은 글쟁이들아.

전재동全在東

주여, 저는 가출하고 싶나이다.
주여, 저는 이민을 가고 싶나이다.
주여, 저는 은행을 털고 싶나이다.
주여, 저는 간음을 하고 싶나이다.
주여, 저는 위증을 하고 싶나이다.
주여, 저는 살인하고 싶나이다.
주여, 저는 하루 한 끼만 먹고 싶나이다.

주여, 저는 주여, 라고 하지 않게 해주소서.

전재수田在洙

남자는 子音,
여자는 母音.

子音은 홀로
소리를 이루지 못한다.

아, 아, 아, 아, 아—.

정건부鄭建夫

인생의 열차는
놓친 사람에게만
'꿈'이 된다.

정공량 鄭共亮

소년기는 '?'
청년기는 '!'
장년기는 ','
노년기는 '.'

사랑은 따옴표, 죽음은 말없음표.
괄호로 다 묶어 인생부호.

정공채鄭孔采

하느님이 하도 심심하셔서
하늘당구장을 만드시고
始球를 한번 해 보셨다.
아홉 개의 알들이 아직도 구르고 있다.
우주의 당구는
알이 알을 맞추면 끝장난다.

정광수 鄭光修

山中 바위 앞에서 한 스님이
跏趺座 면벽참선 10년을 했다.
다른 스님이 그를 바위로 알고
그 앞에서 또 10년 눈을 감았다.
그 뒤에 다시 10년,
그 뒤로 또 10년
줄줄이 이은 스님들이 산맥이 됐다.

정귀영 鄭貴永

그는 잠수함의 내장도 수술하고
감성의 미적분에도 능숙하다.
달빛의 알리바이나 물의 立方性
전시장의 義手와 넥타이의 음모.
단어의 짝짓기, 언어의 번지점프를 즐긴다.
詩의 「북서풍지대기상도」엔 언제나 이상기류.

정규남 鄭奎南

사랑하는 사람이
세상을 떠날 때는
가슴에 나무 한 그루
심어주고 간다.
솟는 눈물 아껴 뿌리고
추억의 剪枝 잘 하여
소담히 꽃 피거든
나 본 듯해 달라고.

정대구 鄭大九

金洙暎에 대한 詩를 그는 이렇게 끝맺고 있다.
"이 시에서 끝에서 세 줄, 혹은 네 줄이
내 마음에 더욱 들지 않는다."
그래도 그는 삭제하지 않았다.
우리네 삶 가운데도
싹 지워버리고 싶은 기억들이 있지만
그대로 놓아두고 살듯.

정동주 鄭棟柱

어둠은 하루의 이삭.
늙음은 인생의 이삭.
죽음은 삶의 이삭.
영혼은 육신의 이삭.

나는 존재의 이삭.

정성수 鄭成秀

옛날의 「보물섬」은
맨 끝바다에 있었지만,
요즘의 「보물섬」은
컴퓨터 속에 있다.

인터넷은 「보물섬」 지도.

정송전鄭松田

세월이 흐를수록 커지는 것
그리움.

날이 갈수록 무거워지는 것
그리움.

점점 멀어질수록
또렷해지는 것도 그리움.

그리움으로 세상을 떠난 사람에 대한 인사는
단연 그리움.

정연덕 鄭然德

아버지가

말이 없어지면

자식들이 눈치를 보고,

어머니가

말이 많아지면

자식들이 가출을 한다.

정열鄭烈

전원시인, 하면 귀족으로 보고,

농촌시인, 하면 삼류문사로 생각하고,

농민시인, 하면 반체제로 여긴다.

그뿐이랴

토속시인, 하면 골동품 수집가로 알다니.

정영자鄭英子

부산이 변방이라고요?

마음에 중심이 확고한 사람은
어디에 있건
거기가 중앙이 아닐까요?

정영태 鄭永泰

나는 그의 1행시를 좋아한다.

그와 一行이 되고 싶다.

日語는 몰라도 하이쿠 같다.

"어린 게 몇 마리 봄날을 자르고 있다."

1행을 더 잘라

半行詩는 안 될까?

정용화鄭龍花

그녀는
봄의 맛을 돋우기 위해
소금을 친다.

산야(山野)의 봄꽃들은 모두
그녀가 뿌린 소금이다.

정운엽 鄭雲燁

집행실로 들어가기 전에
사형수는 누구나 마지막으로
'땅과 하늘'을 쳐다본다고 한다.

조국의 마지막이 위태로울 때
詩人은 외친다,
"땅이여, 바다여, 하늘이여!"

정은영 鄭恩榮

아이들이 쳐다보고
눈을 맞춰야
별들은 더 반짝인다.

요즘 별들은
빛을 잃었다.
아이들이 밤하늘을 보지 않아서.

정의홍鄭義泓

나는 안양, 태어난 집터에서
60번의 새 봄을 맞았는데
그는 안양에 온 지 몇 해도 안 돼
저세상으로 이사를 했다.

"불이 되어 하늘로 하늘로 솟아오르고 싶다."

유독 한 구절이 뇌리에 각인된다.

정이진 鄭伊珍

신발은
육필 자기소개서이다.

날마다 가필한다.

정인보 鄭寅普

어머니!

산에서는 큰 소리로 외쳐야
메아리가 울려 퍼지지만,
마음속에서는 조용히 불러야
더욱 멀리 퍼져 갑니다.

정인섭鄭寅燮

그의 詩는
모두 노래 같다.
가슴에 남아야
노래가 된다.
노래가 안 된 詩는
그냥 사라진다.

“아아 너도 가면은
이 맘을 어이 해!”

정일남 鄭一南

그의 詩엔 '죽음'이 많다.

떠남은 죽음이다.
—길, 나그네, 물, 구름.

마지막은 죽음이다.
—석양, 낙엽, 겨울, 노을.

모든 목숨들 흙으로 돌아간다.
흙의 詩는 그래서 죽음이다.

정재섭 鄭在燮

동화는 잃어버린 꿈 찾기.
고향에 갈 수 없어
어린 시절로나 가보나?
"구름아 내 고향 하늘에
묻어다고 이 冤魂을…"이라고
「미리 쓴 終章」은
이산가족들의 遺訓.

정재완 鄭在浣

황금 들판, 핏빛 단풍
청옥 하늘, 노란 은행
무색 바람, 보랏빛 명상
검붉은 취흥의 농부 얼굴.

"가을은 리트머스 시험지."

정재호 鄭在號

땅뺏기하던 순이는
복부인 되었나?
배불때기 떡만이는
중개인 되었나?

뛰놀던 앞마당엔 다세대주택
사라진 뒷동산엔 러브호텔.

정지용鄭芝溶

이 지상에는
고향이 없던 당신

지금 가 계신 곳은
고향처럼 편하신지요?

정진규 鄭鎭圭

빈 집에서 알이 하나 나온다. 알 속에서 몸이 하나 나온다. 몸에서 말이 나온다. 말에도 결이 있다. 그의 시는 결이 곱다. 삶도 결이 고와야 한다. 마지막 예쁜 숨결을 위하여.

정진업 鄭鎭業

알고 보니 이력도 다양하셨네요.
교사에 공무원에 황금좌 전속배우
6·25 출전에 영화출연까지.

지금 맡으신 死者의 역은
촬영이 끝났으니 그만 일어나셔야죠.

정한모 鄭漢模

아가가 꽃에게 말을 건다.
— 그래, 너 참 예쁘구나.
아가가 나무에게 말을 건다.
— 그래, 너 참 착하구나.

어른이 된 아가가 꽃을 꺾는다.
어른이 된 아가가 나무를 벤다.

예쁘고 착했던 감방의 어른들.

정현종鄭玄宗

흑인들은
삶을 축제로 즐긴다.

여자들의 삶은 고통이다.

흑인여자의 일생은
『고통의 축제』.

정호승鄭浩承

사람이니까 외롭다.
외로우니까 사람이다.
사람이라고 다 외로우냐.
외롭다고 다 사람이냐.

사람이니까 그립다.
그리우니까 사람이다.
사람이라고 다 그리우냐.
그립다고 다 사람이냐.

그래서 괴로운 사람이 더 많다.

정훈 鄭薰

산적이 나타나 칼을 들이대던
산마루 길목마다
지금은 톨게이트가 세워지고
그나마 합법적으로 통과세를 받는다.

「머들령」「머들령」
"도적이 목 적시던 곳."

정희성鄭喜成

동전은 뒤집어도 그 동전이고,
국회는 뒤집어도 그 국회다.

정부는 뒤집으면 다른 정부가 되지만
증오는 뒤집으면 하, 사랑이 된다.

제해만 諸海萬

물새들은 모두 섬쪽으로 날고
꽃들은 모두 물쪽으로 핀다.
섬처녀가 물새에 꽃잎을 물려 보내면
파도가 여러 줄의 답신을 보낸다.

물의 부두 매표소에서
한 사내가 승선권을 끊고 있다.

조남두 趙南斗

불은 어둠을 밝힌다.
한 개비의 성냥도 가로등도.
세상이 너무 어둡다.
사람의 불을 밝혀야 한다.

어떤 불은 어둠을 만든다.
산불이나 폭탄!

조남익 趙南翼

질경이는 길가에 태어난 「죄」.
그 부모가 길가에 낳은 「죄」.

시인은 詩를 쓴 「죄」.
말로 풀 걸 글로 쓴 「죄」.

우리 가슴 찢기는 「죄」는
둘로 쪼개어 나뉜 「죄」.

조당래趙鏜來

'입구(口)字' 같은
한 칸 방에서,
'입구(口)字' 같은 문틈으로
식사를 제공받는 사람.

하, 글자 생김도
'囚人'이라니.

조두현曺斗鉉

어떤 문은 문패가 지키고,
어떤 문은 개가 지키고,
어떤 문은 돈이 지키고,
어떤 문은 총이 지킨다.

어떤 문 앞에는 거지가 서 있고,
어떤 문 앞에는 줄 선 사람이 많다.

조명제[趙明濟]

콧수염의 남자가 호텔에서 나온다.
콧수염 속에서 무수한 여자가 나온다.

알몸의 여자가 양장점으로 들어간다.
어디서 나왔을까,
무수한 남자들이 가봉을 한다.

조병기 趙秉基

구름과 바람은 언제나 무승부.
눈과 비는 언제나 부전승.
물과 불은 언제나 몰수게임.
낙엽과 눈물은 언제나 기권패.

삶과 죽음은 언제나 결승전.

조병무 曺秉武

달이 구름에 가려
어둡다.

구름커튼이 걷히자
베토벤이 월광곡을 연주한다.

달빛이 밝다.

조병화 趙炳華

그는 주로
죽음에 관한 시를 썼다.
이젠 우리가 그의 삶을 이야기할 차례다.

그는 시를 퇴고하지 않았다.
삶도 퇴고하지 않았다.
그러니 우리들도
그의 죽음을 퇴고하지 말자.

조봉제 趙鳳濟

나비
꽃잎
추억
낙엽
가을
사랑
이별
눈물
죽음
이꽃의묘비를누가세웠을까

조상기趙商篡

「密林의 이야기」는 밀림처럼 깊다.
「密林의 이야기」는 밀림처럼 어둡다.
「密林의 이야기」는 밀림처럼 미로다.
「密林의 이야기」는 밀림처럼 무섭다.

한국의 시단에는 밀렵꾼들이 많다.

조석구 趙石九

농부의 이름은 '비인칭 주어'
그래서 하루는 '불규칙동사'로 저문다.

시인에게 인생은 'ㅂ변칙 형용사'
아름다움, 외로움, 그리움, 괴로움
미움, 서러움, 두려움, 안타까움.

'움'이 되는 것은 모두 아쉬움.

조순[曺純]

나비가
아라비아숫자를 세며
꽃에서 꽃으로 난다.

여인이
하얀 수표를 세며
호텔에서 백화점으로 간다.

조순애 趙順愛

꽃의 비밀은
나비만 안다.
꽃들이
우수한 DNA 정자를
은밀히 부탁한다.
나비는 절대로
비밀을 퍼뜨리지 않는다.

조애실 趙愛實

阿五地에서는 '비밀학교'에
옥살이 2년
동대문에서는 '비밀독서회'에
복역 중 해방.

詩의 비밀야학과 죽음의 비밀독서회는
언제쯤 개설하나요?

조영서 曺永瑞

『햇빛의 수사학』에
초점을 잘 맞추면
詩가 발갛게 익는다.

詩는 잘 차린 언어의 만찬.
불청객이 너무 많으면
입맛 떨어져.

조영수 趙永秀

「친구야」, 우리 가을 달 보러 만나자.
「친구야」, 우리 술 마시러 만나자.
「친구야」, 우리 비 맞으러 만나자.
「친구야」, 우리 다시 감옥에는 가지 말자.

「친구야」, 우리 바다로 달려가자.
익사할까 익살떨며 파도를 타자.

조영암 趙靈巖

그가 作名을 하면

—'虛'

그가 운명감정을 하면

—'虛'

우리네 인생살이

허·허·허

조우성 趙宇星

눈이 오면
왜 눈이 아플까?
눈이 아프면
왜 눈물이 날까?
눈물이 나면
왜 마음이 슬플까?

마음이 슬프면
왜 눈이 내릴까?

조운제趙雲濟

꽃 한 송이 보내고
식물성 사랑.
다이아몬드 사들고
광물성 사랑.

신혼여행 떠나서
동물성 사랑.

조의홍 趙義弘

樹州는
"꿈 팔아 외롬 사서
山골에 사잿더니",

그는
외롬 팔아 꿈을 사서
詩속에 산단다.

조인자 趙仁子

피아노는 혼자서 못 든다.
소리가 그리 무거울까?
여럿이서 옮겨 놓으면
혼자서 친다.
입술을 제끼니 흰 이빨들
으르렁거릴 줄 알았는데
가볍게 예쁜 소리를 튕긴다.

조재훈 趙載勳

山의 자궁은 얼마나 넓기에
그 많은 사람들 다 들여놓나?
찾아온 사람 가운데서 山의 자궁은
자기 자식 알아보곤 덥석 안는다.
그 사람 어머니 품에서 고이 잠든다.

히말라야 눈 속은 아이들의 잠자리.

조정권 趙鼎權

그는 '일곱 가지 마음의 형태'로
비를 관찰한다.

무지개가 서는 것은
그가 비를 볼 때다.

조지훈趙芝薰

눈물 배운 짐승 하나
천 길 낭떠러지에 서서 운다.
구름 흐르는 7백리 물길에 비친
제 모습이 서러운가.
사람은 울지 않는 일을
컹 컹 컹
저 짐승은 왜 그리 슬피 우노.

조창환 趙敞煥

말이 功인 사람은
입에 훈장을 단다.
입이 무거우면
말이 없어야 하는데,
훈장들에 입술이 끌려내려
말이 줄줄 흘러나온다.

조태일趙泰一

그대의 칼로도 어쩔 수 없네.
이 시대의 삼겹어둠 너무 두꺼워
우리들의 아픔이나 예쁘게 도려내야겠네.
그래도 칼 가는 소리
여기저기서 들려오네.

조향趙鄕

壁 壁
壁 壁
壁 壁
壁 壁
壁 壁
壁 壁
壁 壁
壁 壁
壁 壁
壁 壁

'검은 DRAMA'

주근옥 朱根玉

그의이름을 볼 때마다
“내외 싸움 끝에
사내는 불을 지르고
풀밭에서 잡니다.”라는 단시
「노숙(露宿)」이 생각난다.
그리고는 그가 집안 풀밭에서
내외와 아이들과 함께
불고기를 구워 먹기를 참으로 바란다.

주문돈 朱文暾

너는
나의 체온계
— 37° 5′ + 37° 5′.

너는
나의 체중기.
— 몸 + 마음.

주성윤 朱成允

눈 오는 날의 아침조회
入室 못한 눈들이
운동장으로 집합한다.
독감의 아이 하나 조퇴하고
지각한 눈들이 맨발로 달려온다.
체육시간인 양
개 한 마리 준비운동을 한다.

주요한 朱耀翰

아이 뜨거워
아이 뜨거워

훙측도 해라
어른들의 「불놀이」는
왜 그토록 보기 싫은지.

주원규 朱元圭

거적 덮인 시신, 가장 가까이
목발 짚은 걸인, 가장 가까이
밑동 잘린 나무, 가장 가까이
멱살 잡힌 아이, 가장 가까이
홀로 앉은 아이, 가장 가까이

그는 현장에 있다.
현장에 詩를 놓고 간다.

주정애朱正愛

나 때문에
행복한 사람 없다면
나는 불행한 사람.

나 때문에
불행한 사람 없다면
나는 더 불행한 사람.

7부

지광현
|
황하택

詩人列傳

지광현池光鉉

고개 넘어 또 고개냐고
섭섭새소리.
달빛은 싫어 어찌 가냐고
섭섭새소리.
눈은 왜 속 썩이냐고
섭섭새소리.
까짓것 다 잊자
섭섭새소리.

지연희 池蓮姬

귀뚜라미 울음소리는
가을밤의 자장가.

초록의 풀잎들이
갈색 잠옷으로 갈아 입고
긴 잠을 준비한다.

진경옥 陳景玉

눈앞의 얼굴을 지운다.
얼굴 뒤의 이름을 지운다.
이름 뒤의 목소리도 지운다.
목소리 뒤의 세월도 지운다.
세월 뒤의 나도 지운다.

이제 세상은 백지다.

진동규 陣東圭

「밤길」을 걷는다.

하얀 화폭에

긴 그림자.

둘이서 걸으니

가장 멀리 갈 수 있겠다.

세상 밖도 그리 멀지 않구나.

진을주 陣乙洲

女心은 보석궁전.

다이아女王이 입궁하시면
금은보화 만조백관들
머리를 조아린다.

진헌성陣憲成

연작 「하늘 그리고 詩」
총 318편, 할 말을 잃다.

"물길은 바다에 이르고
글발은 마음에 이르러야."
91세 老母의 머리말에 넋을 잃다.

땅의 詩들 하늘에 닿으니
사람의 말을 벗어나다.

차옥혜 車玉惠

「개구리」가 우는 것을
“네 목숨 위에 있는
깊고 먼 그 이름을” 부른다고 썼다.

개구리에게도 분명
신이 있다.

차한수 車漢洙

귀신에게 「팔매질」을 할 때마다
사람 하나씩 죽었다.
누가 귀신에게 밥 좀 줘라
餓死하는 저 아이들.
낮밤 없는 이 전쟁은
귀신들의 심통.

채규판 蔡奎判

그리움의 옷을 벗으면
외로움의 맨살.

풀밭에 눕이면
아쉬움의 가시.

바람 속에 서면
괴로움의 칼날.

채바다蔡波多

비행기로 30분길을
통나무배로 열하루
죽기를 무릅쓴 미친 뱃길
선조들의 혼백이 이끄는 대로
산더미 파도 역풍 이겨내며 건넌 '현해탄'.

그의 연작 「현해탄」만한
민족사랑 조국애가 또 있을까!

채수영 蔡洙永

네게 건넨 마음의
임자는 누구냐?
나눠 가진 세월의
임자는 누구냐?

'無無無'라고 말하는
너는 누구냐?

채희문 蔡熙汶

「가을레슨」은 어렵다.
자기로부터 떠나는 연습,
세상 밖까지 가 보는 연습.

「가을레슨」은 高額이다.
점점 병이 깊어지니까,
오래오래 투병해야 하니까.

천상병 千祥炳

나 다시
땅으로 돌아가리라.

오랜 잠의 하늘나라
소풍도 끝냈으니.

천양희 千良姬

꽃은 눈물로 피고,
달은 부끄러움으로 뜬다.

'신이 내게 묻는다면'

때로 울고 부끄러움은
꽃이 되고 달이 되는 일.

천재순千在純

남자는「銀紙의 새」
— 여자가 잘 접어서.

여자는 날개 없는 새
— 남자가 잘못 접어서.

최경섭 崔璟涉

그는
삼각형으로 살았다.

피타고라스가
너무 학대해서
180°로 돌아버렸다.

최계식 崔桂植

그는 산을 오르내리며
풀이며 꽃, 나무며 바위에게 말을 건다.
그의 만년의 시는
그가 어렵사리 들은
그 풀이며 꽃, 나무며 바위들의 대답이다.

최광열崔光列

그는 최초로 「닥터 지바고」를 소개했다.
그는 최초로 나이지리아 작가를,
그는 최초로 버마의 소설을 소개했다.
그는 최초로 개인잡지도 발행했다.
그는 최초로 시, 소설, 수필, 평론, 희곡, 시나리오를
모두 썼다.

그에게 '최후'란 없다.

최광호 崔光鎬

마음을 거듭거듭 비워야
시상도 맑아진다.

'문학'의 '공간'을 한껏 넓혀야
시가 우람해진다.

최남선崔南善

「海에게서」 한 익사체를 인양했다.

그는 〈소년〉이란 잡지를 품고 있었다.

신문기자들은 그를 육당이라 했지만

출판업자들은

저런 독자들만 있으면 하고 아쉬워했다.

최문휘 崔文輝

「가을」엔

악수를 하지 마십시오.

그건

이별의 에티켓이니까.

최선영 崔鮮玲

「해변의 마을」에
우체통이 하나 있다.

엽서를 넣으면
갈매기가 물고 간다.

최승범 崔勝範

전통은 ABC, 애향도 ABC.
인생도 ABC, 사랑은 XYZ.

ABC도 모르는 사람들이
詩 씁네 수필 씁네.
XYZ도 모르면서
백 년 삽네 천 년 삽네.

최승자 崔勝子

그녀는 죽었다
죽었다 살았다
죽었다 살았다 죽었다
죽었다 살았다 죽었다 살았다
죽었다 살았다 죽었다
죽었다 살았다
그녀는 살았다

최승호 崔承鎬

號가
'가을'이시라고요?

그럼
가을에 대해 쓴 시인은
모두 有罪겠네요.

최연홍 崔然鴻

혹시 정치학 강의 중에
'권력의 미학'이나 '황홀한 탈법'이라는 말은
불쑥 튀어나오지는 않는지요?

한국에서 '詩人청문회'가 개최된다면
詩의 증인으로 참석해 주시겠지요?

최영철崔永喆

한국시단은 가건물 천지입니다.

항시 삐걱거립니다.

속히 수선해야 합니다.

正鵠의 대못과 一喝의 망치,

녹슬지 않은 '연장' 좀 부탁드립니다.

최영희 崔英姬

그녀의 시집을 읽는 사람은
거듭거듭 낮아지고
자꾸자꾸 작아져서
끝내는 보이지 않게 된다.

최원 崔元

모든 선언은
외로움의 선전포고다.

아무도 껴안아 주지 않으면
외로움은
너부터 처단하라고 선언한다.

최원규 崔元圭

하늘은
자신이 싫어졌을 때
구름으로 달을 가린다.

사람은
세상이 싫어졌을 때
눈을 감고 하늘을 가린다.

최은하 崔銀河

국어시간엔 하늘의 뜻을 배웠다.
생물시간엔 생명의 고향을,
수학시간엔 천국의 거리를,
물상시간엔 '말씀의 굴절'을,
음악시간엔 고통의 화음을 배웠다.

기도시간엔 다 잊었다.

최은휴 崔恩休

한국의 봄은
복사골에 먼저 온다.
복숭아나무에 물을 주는 사람
素砂의 물을 바닥낸다.
富川의 가뭄은
모두 그의 탓이다.

최재형 崔栽亨

고3 때 그의 시 「觀劇」 을 읽었다.
인생이 연극임을 그때 알았다.
4293년 1월 21일이라고 적혀 있다.

"다음을 기다리며
이미 남이 다 보고 간 이 연극을
끝까지 보고 싶은 것이다."

나는 그 극장에 아직도 앉아 있다.

최절로 崔岊鷺

그대가 떠나도
붙잡지 않겠다는데,
마음은 제 먼저
갈 길을 가로 막네.

돌아오면 마음은
한달음에 맞겠다는데,
몸은 어인 심술로
뒷걸음만 치는가.

최정자 崔貞子

빨래를 널었다.
비가 왔다.
빨래를 걷었다.
비가 그쳤다.
빨래를 널었다.

젖었다 마르고
우리 인생도
말랐다 젖고.

최종규崔鐘奎

첫눈 오면 내 첫사랑
어디 있을까?
처음 만난 그 자리에
먼저 가보면
그 사람도 그때처럼
안 와 있을까?

최종두 崔鐘斗

울산의 새들은 날지 못한다.

날개 찢긴 새들이 주점에 모여
난알 쪼던 부리로
오징어며 족발까지 뜯는다.

울산의 새들은 울지 않는다.

최하림 崔夏林

銀 삼십 만 주면
우리 떠나리라.
닭이 세 번 울기 전에
우리 떠나리라.

너는 베드로
우리는 유다.
아직은 半島에 산다.

최호림 崔湖林

하느님이
봄 산에 수를 놓으신다.

바늘에 찔려 떨군 핏방울
진달래가 받아서 붉게 물든다.
저녁하늘에 튕겨서 노을이 된다.

추명희 秋明姬

가을엔
告解하지 않아도 된다.

한 점 티도 없는
하늘.

罪 지을 게 없다.

추영수 秋英秀

동그란 하늘 아래
동그란 집 하나
동그란 가족들
동그랗게 모이면
얼굴도 동글동글
마음도 동글동글.

동그랗게 달 뜨면
동그랗게 사랑도.

추은희 秋恩姬

「일기」는
'나는 외롭다'는 것.
편지는
'나는 그립다'는 것.

「일기」에서 떠나면
언제나 타인.
편지에 다시 담으면
때로는 추억.

표성흠 表聖欽

지금은 모두 어떻게 되었을까?
목로에서 술잔을 기울이던 '못난 자들'은.
목로집 담벼락에 오줌을 갈기던 사람들은.
세월을 향해 욕을 내뱉으며
더 늦기 전에 기차나 배를 타야 한다던 이들은.
떠난 이들을 부러워하면서도
자유와 민주, 그리고 인권을 토로하던 자들은.

아니, 먼저 기차나 배를 탔던 이들이 모이고 모여
우리의 서울을 만든 건 아닐까.

피천득皮千得

油畵의 덧칠을
세월이 벗겨낸다.
잘못된 밑그림은
그대로 있다.
덧칠도 할 수 없는
우리들 인생
잘못 그린 그림이라도
그대로 살아야지.

하재봉河在鳳

「없다」라는 그의 詩가 있다.
있다가 금방 없다 다다다 있다.
「없다」가 '엎다'가 된다.
그가 엎은 땅은 지진이 되고,
그가 엎은 물은 해일이 되고,
그가 엎은 나라는 혁명이 된다.
부탁한다, 자신을 엎기 전까지
詩는 엎지 말 것을,
잘 업고만 있기를.

하종오 河鐘五

피를 뽑아내는 건
벼의 헌혈인가.

피를 뽑고
창백해진 얼굴은
누구의 논바닥이냐.

하현식 河賢埴

가래 한 덩이를
제국주의에 냅다 뱉으면
夜行의 방뇨는 내란죄가 된다.

선창가에 구르는
깡소주의 빈 병들이
망명객처럼 매복하고 있다.

한광구 韓光九

「청계천」에 개미들이 모여든다.

! ! ! ! ! ! ! ! ! ! !

개미행렬은 해독된 암호다.

개미가 있는 곳엔

왜 베짱이가 반드시 올까?

? ? ? ? ? ? ? ? ? ? ?

베짱이 행렬은 난해한 악보다.

한기팔韓箕八

섬 학교 아이들 얼굴이 흑판 같다.
두 눈만 반짝 등대불 같다.
입가에 조각난 하얀 파도.

미술시간엔
파란색 크레용만 쓴다.

한무학韓無學

와세다大에 유학을 하고서도
'無學'이라니요.
동경국제타임스 외신부 기자가
'無學'이라니요.
대학교수도 했으니 제자들은 얼마나 무식할까?
하기사 詩에선 '無學'이 순수.

저 세상에선 이승의 앎
다 무효이니 누구나 '無學生'.

한병호 韓炳鎬

그는
아내에게 실수를 저질렀다.

첫 번째 실수는 詩를 쓴 것.
두 번째 실수는 詩를 쓴 것.
세 번째 실수는
아내에 대해서 詩를 쓴 것.

한분순 韓粉順

그녀는
'아픈 신음'이 '이쁜 꽃'이 되기를 기원했다.
누구에게 드리는 기원인지 알겠지만,
기원을 받아 줄 이 없는 우리들일지라도
그녀의 기원이 이뤄지기를 기원한다.

한상억 韓相億

허공에 '의자'가 있다.
구름이 앉으려면 바람이 말린다.
하늘로 오르는 영혼이
잠시 머무는 자리.

방금 누군가 앉았다 갔다.

한성기 韓性旗

새가 하늘 높이 날기까지는
10년이 걸린다고요?

이젠 새보다 더 오래 더 높이
그곳에 계시니까,
사람이 사람으로 보이시는지요?

한순홍 韓順虹

원고지는 종이밥상이다.

10×20 개의 빈 그릇들.

허기진 시인이 밥을 퍼 담고 있다.

한승헌 韓勝憲

시인들이 추방되고 있습니다.
시는 무고당하고 있습니다.
시가 죽었다는 소문이 파다합니다.
어디선가 해체됐다고도 합니다.

선생님께서 제발
詩의 변론을 맡아주시기 바랍니다.

한영옥 韓英玉

禁治產의 구름.

禁治產의 술.

禁治產의 사랑.

禁治產의 바람.

禁治產의 죽음.

詩도 禁治產이었으면.

한용운 韓龍雲

당신의 '침묵의 님'이
이다지도 시끌시끌한 것은
도대체 그 누구의 죄입니까?

한하운 韓何雲

나의 첫 시집 서문에
'무서운 소년'이라고 써주신 시인.

아, 나는
문둥이보다 더 무서웠었구나!

함동선 咸東鮮

어릴 때 금 긋고
키 재보던 나무.
사람은 다 떠났어도
그 자리에 있다.

다 잘려나가고 밑동만 남은 나무.
그 위에 앉아 세월을 잘라본다.

함민복 咸敏復

발도 맞추고
눈도 맞추고
입도 맞추고
배 아래도 맞추지만
심장은 끝내 맞출 수 없다.

아, 서로 달리 뛰고 있는 영혼의 박자여.

함윤수 咸允洙

여인의
얇은 上衣는
호도보다 더 단단해

그 속마음을
만질 길 없어라.

함형수咸亨洙

고호도 정신이상,
그도 정신이상.
모두 '해바라기' 때문이다.

그들의 무덤이 어디 있나?
해바라기들이 기웃거리고 있다.

함혜련 咸惠蓮

문을 잠그고부터 열쇠가 생겼다.
열쇠 없이 살던 때는 마음 항상 열려 있던 것.
「極秘의 문」 열쇠도 주조하셨으니
사람 마음의 열쇠 좀 만드셨으면.

함홍근咸弘根

「며느리」가 긷는 물동이엔
친정어머니 얼굴.
시어머니가 긷는 물동이엔
바람난 영감 얼굴.

며느리는 조심조심
한 방울도 안 흘리고,
시어머니는 울컥울컥
물동이를 깨친다.

허만하許萬夏

6 · 25가 끝나자 쇠꼬챙이 '義手'의 사내들이 나타났다.
어린 우리들은 무서워서 피했다.

백화점 유아용품 코너에는
義足, 義手, 義身의 로봇들이 즐비하다.
우리의 어린아이들은
그런 기계인간이 되는 게 꿈이다.

허세욱 許世旭

‘바람’은 모른다.
그냥 불어가지 말고
고향냄새라도 묻혀 오지.

바람은 모른다.
호수에 물살 일면
내 마음에 뭣이 접히는지.

허소라 許素羅

나무들이
옷을 벗어던지고
팔 벌려 춤을 춘다.
흰 눈이 슬그머니
겉옷만 입힌다.

「겨울 謝肉祭」는
하얀 무도회.

허영자 許英子

그녀 옆에 가면
담뱃불 조심!
'휘발유 같은 女子'니까.

술 마실 때는
더욱 조심!
'액체 같은 戀人'이니까.

허유 許洧

그는 「바다栽培業者」다.
한 마리의 고기도 잡지 않는다.
바다 속의 고기는 모두 그의 것이니까.

사업이 혹 성공하셨다면
이젠, '흙栽培業'으로 전업하실 의향은 없으신지요?

허윤정 許允禎

그녀가 詩를 쓰면 모두 鶴이 되어 날아간다.
뚝배기 물속 하늘에 '영혼의 법당'을 짓고
세월도 잘 기워 걸치면 외로움의 예복.
슬픈 詩 쓰는 기꺼움 하나
마지막 언약처럼 마음 밝힌다.

허의령 許儀寧

「四月이 오면」
T. S. 엘리어트 생각이 난다.
그의 예언은
참 신통하기도 하지.
어떻게 극동의 한 나라에서
1960년 4월에
'가장 잔인한' 일이 터질 걸 알았을까?
아마, '커피스픈'으로 측정했다지?

허형만許炯萬

그의 입에서는 악취가 풍긴다.
“내 새끼 똥구멍 빨며 입 맞추듯”
마음 곪은 사람만 골라 빨아주기 때문이다.
그런 냄새를 농축시키면
되게 비싼 향수가 될 텐데.

호영송 扈英頌

죽음을
'천직'이라 말한 시인.

삶은 부업이고,
시는 보너스가 아니었을까.

홍경임 洪敬任

그녀는 쉼 없이
아프로디테에게 편지를 쓴다.

그럴 때마다
주소불명으로 되돌아온다.

그녀의 시는
그 반송된 사랑의 편지들이다.

홍금자 洪金子

버려진 아이를 '섬'이라 노래한 시인.
우리는 육지에도 섬이 많은 나라에 산다.
말하자면 다도해(多島海)가 아니라
다도육(多島陸)이다.

자고나니 우리 옆집 골목에
아주 작은 섬 하나 생겨났다.

홍문표 洪文杓

시인은
바다나 하늘을 보면
'황홀한 열정'에 사로잡힌다.

그래서 바다는 가슴 떨려 파도가 일고,
하늘은 저녁마다 얼굴을 붉힌다.

홍사용 洪思容

저희들은
눈물의 충복이오니
굽어 살펴 주시옵소서.

홍승주 洪承疇

아무리 뛰어난 시인 희곡작가라 해도
死者의 대사는 쓸 수 없다.

아니다.
역사드라마는 다
死者들의 대화다.

홍신선洪申善

「추석날」 茶禮로 큰절 올릴 때마다
詩의 宗家를 떠올렸다.
"門中처럼 괴인 사과, 배, 감, 식혜, 산적…" 사이로
호머, 사포, 괴테, 보들레르, 랭보에
素月과 李箱을 포개 놓았다.
飮福 술에 취해서 어스름에는
대통령 욕도 하며 단잠에 들었다.

홍완기洪完基

그의 詩는 길다. 읽기 힘 든다.
예컨대 「瓦解」는 55行, 「달구경」은 부제까지 179行,
「呻吟養生」은 73行이나 된다.
그런데 그 「呻吟養生」 말이다.
기를 게 없어 '呻吟'을 기르나.
그의 詩를 읽으면 절로 '呻吟' 이 난다.

시인의 삶은 '呻吟養生'이라고
나는 해석했다. 틀렸나요?

홍윤기 洪潤基

'수수깡 안경'을 쓰면
모든 게 동그랗다. 예쁘다.
세상을 닦지 않아도 된다.
꽃이 피면 세상이 정원이고
비가 오면 세상이 호수가 된다.

수수깡 안경보다
수수깡 안경을 쓰고 보던 세상이
다시 보고 싶다.

홍윤숙 洪允淑

"죽지 못할 유서는 쓰지 말아요."
나의 不惑을 흔든 말이었다.

여자는 젊음을 잃을 때 마다
장식을 하나씩 달아간다고.
남자는 장식을 떼어낼 때마다
늙음을 한 줄씩 얻는다.

"지지 못할 십자가는 벗어 놓아요."
벗어 놓지 못할 바엔 진 채로나 죽었으면.

홍준현洪俊鉉

* 새가 된 사람.

홍진기洪鎭沂

「山18번지」는
비를 제일 먼저 맞는다.
「山18번지」는
눈이 제일 늦게 녹는다.
「山18번지」는 달동네.
새들도 달까지는 못 날아간다.
달동네 사람들은 달이라서
달처럼 높은 산 위에 사는 게 좋다.
그믐밤에도 둥근달이 많이도 뜬다.

홍해리洪海里

비가 오면 술꾼들에게
세상이 곧 주점이다.
딱 한 사람만 질색이다.
그에게는 노을이
"혼자서 드는/ 한 잔의 술"이니까.

홍희표 洪禧杓

여자가 입덧을 하면
핏덩이 생명 하나 쑤욱 뽑아낸다.
지구가 입덧을 하고 있다.
지진 · 화산, 해일 · 폭우, 열대야 · 이상기온
무얼 쏟으려고 저리 심한 진통일까.
홧김에 땅윗것들 확 쓸어버리려고?

황갑주黃甲周

꽃밭이 없어
「꽃씨」를 못 뿌린 소녀는
봄마다 잔뜩 받은 꽃씨
어디에다 뿌렸을까?
가슴에다 뿌리고 꽃이 되지 않았을까?
밤에만 피는 꽃이 되진 않았을까?

꽃씨는 꽃씨니까 꽃이 되지만
사람의 씨는 사람인데 어찌 꽃이 되는가.

황근식 黃瑾植

鶴은
지구의 부담을 덜어주려고
사뿐사뿐 발을 옮긴다.
그러고도 걱정스러워
다리 하나 들어 荷重을 줄인다.

시인 쪽이건 학 쪽이건
'幻想'은 자유다.

황금찬黃錦璨

선생님의 詩보다 〈詩마을〉 매 호마다
'시의 말'을 더 좋아한다면
어떻게 생각하실는지요?

노시인의 한 마디는 영혼의 전언.

나는 시집보다
삶 자체가 전집인 그런 시인을 더 좋아한다.

황길현 黃吉顯

병상의 환자가
산소호흡기에 매달려 있다.
이승과 가까스로 연결된
'마지막 잎새'
바람이 불면 곧 떨어져 나갈 것만 같다.

황도제黃島濟

그의 약력 가운데 한 줄이 눈에 띈다.
제1회 연세문예콩쿨대회 입상.(1962)
연세문학회 회장이었던 내가
처음으로 개최했던 고교생 백일장.
입상하지 못한 학생들도 시단에 많겠지.

우리네 삶은 외로움의 백일장.
장원은 언제나 시인 몫이다.

황동규 黃東奎

'三南의 눈'을 맞은 사람은 다 '琫準'이다.
까막눈이라서 흰 눈을 반겼나,
詩도 모르면서 눈은 왜 맞나.
큰 눈 뜨고 보아라,
三南의 모든 눈 판문점에 몰려와
어찌나 무식하게 엉겨 있는지를.

황명 黃命

물은 높은 데서 낮은 데로
위에서 아래로가 일생이다.
그런데 분수는 거꾸로를 주장한다.
거역, 획책, 반란, 혁명, 항명이다.
황명 선생님,
지하가 아니라 하늘에 계시기를.

황명걸黃命杰

「한국의 아이」들은
다 「이 봄의 迷兒」였는데,
어찌 한국의 어른들이
다 '이 시대의 미아'가 되었나.
13인의 아해들이
26인의 어른들을 찾아 도로로 질주한다.

황석우 黃錫禹

사람이 만든 비행기만 빼놓고
조물주가 하늘에 띄워 놓은 것은
모두 그의 것이다.
하늘 말고는 가실 곳도 없으셨을 터이니
지금은 어느 별에 가 계신가요?

황선하黃善何

아이들이 그림을 그린다.
탱크, 폭격기, 잠수함
전쟁은 놀이다.
어른들이 그림을 그린다.
잘린 목, 뽑힌 눈, 날개 없는 새
생존은 전쟁이다.

황성이 黃性伊

그녀는 무덤 속에서
큰소리로 웃는다.
그 웃음소리에
"대지가 일어나 춤을 추고
보리 이삭이 터지고
태양이 쏟아진다."

핵폭탄 대용으로 쓸 만하다.

황송문 黃松文

왜들 힘들게 로케트 타고
달까지 가려고 기를 쓰나.
물가에서 한 잔 술 딸코 부르면
금방 내려와 옆에 앉는 걸.

황순원 黃順元

그 누가
셰익스피어 때문에 희곡을 못 쓰겠습니까만,
여름이 되면, 당신 때문에
「소나기」에 대해 쓰기가 어렵습니다.

황운헌黃雲軒

태양을 그리는 사람이 너무 많다.
태양은 그게 싫어서 열을 낸다.
그 덕으로 사람이 산다.
사람들아, 이젠 사람 좀 그려다오.

황지우 黃芝雨

비가 오면 젖은 날개로
새들은 둥지에 든다.
흐린 날이면 젖은 마음으로
시인은 주점을 찾는다.
해가 떠야 새는 날고 시인은 잔다.
젖은 세상이라서
시인은 잠이 들 수가 없다.

황하택黃夏澤

김영삼 편저, 을지출판공사 간행
『한국시대사전』(1988)의 맨 끝, p.2031에 그는 있다.
그러니까 한국시의 끝이다.
끝, 종말, 최후, 용기가 필요하다.
그는 한국시를 끝내줘야 한다.
그렇지 못하면 당신은 끝장이야!

김대규시집 『靈의 流刑』, 흑인사, 1960.3

『이 어둠 속에서의 指向』, 문예수첩사, 1966.12

『陽智洞 946番地』, 문예수첩사, 1967.7

『見者에의 길』, 시인사, 1970.12

『흙의 思想』, 동서문화사, 1976.5

『흙의 詩法』, 문학세계사, 1985,10

『어머니, 오 나의 어머니』, 해냄출판사, 1986.5

『별이 별에게』, 영언문화사, 1990.8

『작은 사랑의 노래』, 한겨레, 1990.9

『하느님의 출석부』, 한겨레, 1991.4

『짧은 만남 오랜 이별』, 문학수첩, 1993.7

『누가 지상에 집이 있다 하랴』, 술래, 1994.12

『어찌 젖는 것이 풀잎뿐이랴』, 시와시학사, 1995.3

『흙의 노래』, 해냄, 1995.4

『사랑의 노래』, 해냄, 1995.4

『가을 小作人』, 우인스, 2001.5

『외로움이 그리움에게』, 도서출판 시인, 2010.9

『나는 가을공부 중이다』, 도서출판 시인, 2010.10

산문집 『詩人의 편지』(공저), 청조사, 1977. 10
『詩人의 에세이』, 안양출판사, 1979. 9
『젊은이여, 사랑을 이야기하자』, 중앙일보사, 1986. 12
『사랑의 팡세』(전 4권), 한겨레, 1989. 6
『살고 쓰고 사랑했다』, 시인사, 1990. 9
『나의 인생, 팡세』, 문학수첩, 1992. 5
『사랑의 비밀구좌』, 술래, 1994. 1
『사랑과 인생의 아포리즘 999』, 해냄, 1997. 9
『당신의 묘비명에 뭐라고 쓸까요』, 우인스, 2009. 9
『늙은 시인으로부터의 편지』, 한강, 2012. 7

평론집 『無意識의 修辭學』, 해냄, 1992. 12
『안양문학사』, 우인스, 2005. 12
『해설은 발견이다』, 종려나무, 2010. 7

수상 연세문학상(1963), 흙의 문예상(1985)
경기도문학상(1987), 경기도예술대상(1988)
경기도문화상(1990), 편운문학상(1994)
한글문학상(1996), 후광문학상(1998)
한국시인정신상(2001)

시인열전

©2016 김대규

초판인쇄 _ 2016년 11월 24일

초판발행 _ 2016년 11월 28일

지은이 _ 김대규

발행인 _ 홍순창

발행처 _ 토담미디어

서울 종로구 돈화문로 94(와룡동) 동원빌딩 302호

전화 02-2271-3335

팩스 0505-365-7845

출판등록 제2-3835호(2003년 8월 23일)

홈페이지 www.todammedia.com

편집미술 _ 김연숙

ISBN 979-11-86129-55-5

잘못 만들어진 책은 구입하신 서점에서 교환하여 드립니다.
이 책의 저작권은 저자에게, 출판권은 계약기간 중 토담미디어에 있습니다.
정가는 뒷표지에 있습니다.

윤동주
서정주
구상
김수영
나혜석
조병화
한용운
박경리
천상병
이광수
기형도
이육사
노천명
신동엽
조지훈
최남선
오규원
박인환
이상

토담시인선

001 이해식 시집 『감출 수 없는 사랑』
002 김말자 시집 『꿈이 허물벗다』
003 박현태 시집 『여행지에서의 편지』
004 유차영 시집 『바람이 숲에게 고함』
005 수리담시 동인시집 『나의 시, 나의 숨결』
006 연대교육원문학반 동인지 『푸른트럭』
007 전현하 시조집 『창가에 머문 달빛』
008 김용하 시집 『겨울나무 사이』
009 팔색조 동인시집 『사막을 걷는다』
010 박현태 시집 『누가 고양이를 나비라 하는가』
011 성진숙 시집 『앞집 여자의 뷔페식 사랑』
012 연대교육원문학반 동인지 『푸른트럭 2』
013 임현숙 시집 『오뎅과 동치미』
014 이상규 시집 『도반』 산문학상 수상
015 차영순 시집 『황청포구 바람 소리는 내게 잠언이었다』
016 박현태 시집 『사람의 저녁』 세종도서 문학나눔 선정
017 김영섭 시집 『가슴으로 운 사랑』
018 김용하 시집 『이어도가 나요』
019 박현태 시집 『철새는 제철에 떠난다』
020 이봉남 시집 『꽃잎편지』
021 권영분 시집 『하늘갤러리』
022 하영애 시집 『작은 새 한 마리』
023 박현태 시집 『세상의 문』
024 맹윤정 시집 『침대 밑 블랙홀』
025 유차영 시집 『워카 37년』